心有欢喜 过生活

Enjoy Your Life
With A Joyful Heart

林清玄经典散文精选

林清玄 著

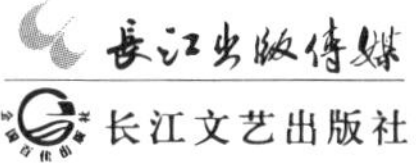

长江文艺出版社

新出图证（鄂）字 03 号

图书在版编目（CIP）数据

心有欢喜过生活 / 林清玄著. -- 武汉：长江文艺出版社，2016.1（2019.1重印）
ISBN 978-7-5354-8563-2

Ⅰ.①心… Ⅱ.①林… Ⅲ.①散文集-中国-当代 Ⅳ.①I267

中国版本图书馆 CIP 数据核字（2015）第300497号

著作权合同登记号 图字：17-2015-278

本著作物经厦门墨客知识产权代理有限公司代理，由九歌出版社有限公司授权，在中国大陆出版、发行中文简体字版本。

责任编辑：吴 双 胡 家　　责任校对：黄 伟
封面设计：7拾3号工作室　　责任印制：张 涛

出版：长江出版传媒 长江文艺出版社
地址：武汉市雄楚大街 268 号　　邮编：430070
发行：长江文艺出版社
北京时代华语图书股份有限公司　（电话：010-83670231）
http：//www.cjlap.com
印刷：北京中科印刷有限公司

开本：690毫米 ×980毫米 1/16　　印张：17
版次：2016 年1月第1版　　2019 年1月第15次印刷
字数：200千字

定价：45.00 元

自序

作家的幸福

今年夏天，高考山东卷用我的文章《无风絮自飞》当作文考题，意外地引发了热烈的讨论。这使我想起，二〇〇六年，我的文章《阳光的味道》被作为全国卷的高考题，也一样引起了热烈的讨论。

朋友总叫我也发表一点意见，谈谈对自己的文章被延引的感想。

我也总是说：“感谢命题的老师用我的文章当考题，但就像种菜的农夫只想种出最好吃、最有营养的菜，至于被煮成了什么菜肴，吃的人有什么评价，种菜的人是无能为力的。”

不只是高考，中考更多。广东有一位资深的高中教师，曾寄给我一些中考的试卷，说：“每年全国的中考试题，林老师的文章最少会出现一百次。”

这使我感到惶恐和汗颜，因为我写文章时从未想到考试，没想到最后竟影响了学生的升学。何况，好的阅读应该是怀着轻松、喜乐、无为的心情的，如果时时记挂分数，又怎能欣赏美好的创作呢?

作品成为考试的试题，我的心情是很复杂的，使我想到长达四十五年的写作生涯。

有人问我：当一位作家，最辛苦又最幸福的是什么?

最辛苦的是走向了一个孤独的旅程，人生不论欢喜或苦痛，都是自己在孤灯下完成。纵使有人分享，也是很长时日以后的事，不像歌者在舞台上唱歌，立刻能得到欣赏和掌声。

因为孤独，所以要鼓舞自己的热情，要坚持自己的意志，要怀抱自己的理想。

我想起，青年时代，曾在一家杂志社写了一年的专栏，年终的时候，老板送给我两本稿纸，说："我们的杂志一直在赔钱，所以没有钱付给你！"第二年，我继续给他们写专栏。这样的热情与坚持，现在很少有作家做得到，能努力超过四十年的，就更少了。

幸好，作家不是只有辛苦，还有很深的幸福。

作家为了什么幸福而努力呢？

首先，是不断地寻找思想的更高境界。就像爬山一样，从山谷到山腰，再从山腰到山顶，每一阶段的体悟与风景都是不同的。一般人的思想锻炼都是到学校毕业就结束了，作家不同，他可以一直向上攀登，直上高峰。

——这正是禅说的"高高山顶立"。

其次，作家的幸福来自不断探索心灵更深的可能。特别是散文作家，因为写作，必须每天面对、整理、回观自己的心，一点一点地深入，如实地看见自己的心。由于每天静视自心，所以能自反而缩，一往无悔，在众声寂寂之时，维持自己的高音；在众声喧哗之时，还努力唱出清明之音。

——这正是禅说的"深深海底行"。

作家的第三种幸福，是能与有缘的人分享人生。

我有许多作品被收入小学的语文课本，像《和时间赛跑》《桃花心木》《鞋匠的儿子》《心田上的百合花开》……收入中学课本的就更多了，像《生命的化妆》《梅香》《清净之莲》……二十年来，读过我文章的孩子何止亿万？这些作品，有些是三十年前写的，有些是一二十年前写的，现在却能和无数的人分享，长夜思及，每每令我感动不已！这世界上还有什么工作，会比作家幸福呢？

——这正是诗人所言"千载后，百篇存，更无一字不清真"。

这三种深刻的幸福，使我能不懈地创作，希望不仅自己有正能量，也能为读者提供正能量，使读者在崎岖的人生路上，有欢喜的心去生活、去闯荡。

长江文艺出版社曾出版过我的选集《你心柔软，却有力量》，最近又编了《心有欢喜过生活》与读者分享。我想到四十几年来的写作生涯，深深感受到作为作家的幸福。此作为序言，并祝福读者能有更欢喜、更圆满的生活。

林清玄

二〇一五年冬天

于台北双溪清淳斋

THE TANGLED FIRE OF WILLIAM FAULKNER
Other
THE BEST

目 录

第三辑

心若香茗，静听花开

第四辑

处处莲花开

第五辑
以爱为灯

第六辑
总有群星在天上

第一辑

身心安顿，烦恼平息

打开生命的绳结，
最好的方法是把时间与空间等同对待，
使从容与效率一样重要，
使每一刻都变得丰盈而有价值。

清　欢

少年时代读到苏轼的一阕词，非常喜欢，到现在还能背诵：

细雨斜风作晓寒，淡烟疏柳媚晴滩。入淮清洛渐漫漫。

雪沫乳花浮午盏，蓼茸蒿笋试春盘。人间有味是清欢。

这阕词，苏轼在旁边写着“元丰七年十二月二十四日，从泗州刘倩叔游南山”——原来是苏轼和朋友到郊外去玩，在南山里喝了浮着雪沫乳花的小酒，配着春日山野里的蓼菜、茼蒿、新笋以及野草的嫩芽等等，然后自己赞叹着：“人间有味是清欢！”

当时所以能深记这阕词，最主要的是爱极了后面那一句，因为试吃野菜这种平凡的清欢，才使人间更有滋味。

“清欢”是什么呢？

清欢几乎是难以翻译的，可以说是“清淡的欢愉”，这种清淡的欢愉不是来自别处，正是来自对平静疏淡简朴生活的一种热爱。当一个人可以品味出野菜的清香胜过了山珍海味，或者一个人在路边的石头里看出了比钻石更引人的滋味，或者一个人听林间鸟鸣的声音能感受到比提笼遛鸟更多的感动，或者体会了静静品一壶乌龙茶比起参加喧闹的晚宴更能清洗心灵……这就是“清欢”。

清欢之所以好，是因为它对生活的无求，是因为它不讲求物质的条件，只讲究心灵的品味。“清欢”的境界很高，它不同于李白的“人生在世不称意，明朝散发弄扁舟”那样的自我放逐，或者“人生得意须尽欢，莫使金樽空对月”的尽情欢乐；也不同于杜甫的“人生有情泪沾臆，江水江花岂终极”这样悲痛的心事，或者“人生不相见，动如参与商。今夕复何夕，共此灯烛光”那种无奈的感叹。

活在这个世界上，有千百种人生，文天祥的是“人生自古谁无死，留取丹心照汗青”，我们很容易体会到他的壮怀激烈；欧阳修的是“人生自是有情痴，此恨不关风与月”，我们很能体会到他的绵绵情恨；纳兰性德的是“人到情多情转薄，而今真个悔多情”，我们也不难意会到他无奈的哀伤。甚至于像王国维的“人生只似风前絮，欢也零星，悲也零星，都作连江点点萍”，那种对人生无常所发出的刻骨感触，我们也依然能够知悉。

可是“清欢”就难了！尤其是生活在现代的人，差不多是没有清欢的。

什么样是清欢呢？

我们想在路边好好地散个步，可是人声车声不断地呼吼而过，一天里，几乎没有纯然安静的一刻。

我们到馆子里，想要吃一些清淡的小菜，几乎杳不可得。过多的油、过多的酱、过多的盐和味精已经成为中国菜最大的特色。有时害怕了那样的油腻，特别嘱咐厨子白水煮一个菜，菜端出来时让人吓一跳，因为菜上挤的沙拉比菜还多。

有时没有什么事，心情上只适合和朋友去啜一盅茶、饮一杯咖啡，可惜的是，心情也有了，朋友也有了，就是找不到地方，有茶有咖啡的地方总是嘈杂的。

俗世里没有清欢了，那么到山里去吧！到海边去吧！但是，山边和海湄也不纯净了，凡是人的足迹可以到的地方，就有了垃圾，就有了臭秽，就有了吵闹！

有几个地方是我以前常去的，像阳明山的白云山庄，叫一壶兰花茶，俯望着台北盆地里堆叠着的高楼与人欲，自己饮着茶，可以品到茶中有清欢。像在北投和阳明山间的山路边有一个小湖，湖畔有小贩卖功夫茶，小小的茶几，藤制的躺椅。独自开车去，走过石板的小路，叫一壶茶，在躺椅上静静地靠着。有时湖中的荷花开了，真是惊艳一山的沉默。有一次和朋友去，在躺椅上静静喝茶，一下午竟说不到几句话。那时我想，这大概是"人间有味是清欢"了。

现在这两个地方也不能去了，去了只有伤心。湖里的不是荷花了，是飘荡着的汽水罐子；池畔也无法静静躺着，因为人比草多；石板也被踏损了，到假日的时候，走路都很难不和别人推挤，更别说坐下来喝口茶了。如果运气更坏，会遇到呼啸而过的飞车党，还有带伴唱机来跳舞的青年，那时所有的感官全部电路走火，不要说清欢，连欢也不剩了。

要找清欢一日比一日困难了。

当学生的时候，有一位朋友住在中和圆通寺的山下，我常常坐着颠簸的公交车去找她。两个人沿着上山的石阶，漫无目的地，走走、坐坐、停停、看看。那时圆通寺山道石阶的两旁，杂乱地长着朱槿花。我们一路走，顺手拈下一朵熟透的朱槿花，吸着花朵底部的花露，其甜如蜜，而清香胜蜜。轻轻地含着一朵花的滋味，心里遂有一种只有春天才会有的欢愉。

圆通寺是一座由坚固的石头砌成的寺院，那些黑而坚硬的石头坐在山里仿佛一座不朽的城堡。绿树掩映，清风徐徐，站在用石板铺成的前院里，看着正在生长的小市镇。那时的寺院是澄明而安静的，让人感觉走了那样陡的山路，能在那平台上看着远方，就是人生里的清欢了。

后来，朋友嫁人，到国外去了。我去过一趟圆通寺，山道已经开辟出来，车子可以环山而上，小山路已经很少有人走。就在寺院的门口，摆着满满的摊子。有一摊是儿童坐的机器马，叽里咕噜的儿歌震撼半山；有两摊是卖香肠的摊子，烤烘香肠的白烟正向那古寺的大佛飘去；一位母亲因为不准孩子吃香肠而揍打着两个孩子，激烈的哭声尖亢而急促……我连圆通寺的寺门都没有进去，就沉默地转身离开了。

山还是原来的山，寺还是原来的寺，为什么感觉完全不同了？失去了什么吗？失去的正是清欢。

下山时的心情是不堪的，想到星散的朋友，心情也不是悲伤，只是惆怅，浮起的是一阕词和一首诗。词是李煜的“高楼谁与上？长记秋晴望。往事已成空，还如一梦中”，诗是李觏的“人言落日是天涯，望极天涯不见家。已恨碧山相阻隔，碧山还被暮云遮”。那时正是黄昏，在都市烟尘蒙蔽了的落日中，我真的看到了一种悲剧似的橙色。

我二十岁心情很坏的时候，就跑到青年公园对面的骑马场去骑马。那些马虽然因被驯服而动作缓慢，却都年轻高大，有着光滑的毛色；双腿用力一夹，它也会如箭一般向前窜去，急忙的风声就从两耳掠过。我记得最清楚的是马跑过的时候，迅速移动着的草的青涩，青茸茸的，仿佛饱含生命的汁液。跑了几圈下来，一切恶的心情也就在风中、在绿草里、在马的呼啸中消散了。

尤其是冬日的早晨，勒住缰绳，马就立在原地，踢踏着长腿，鼻孔中冒着一缕缕的白气，那些气可以久久不散。当马的气息在空气中消弭的时候，人也好像得到某些舒放了。

骑完马，到青年公园去散步，走到成行的树下，冷而强悍的空气在林间流荡，可以放纵地、深深地呼吸，品味空气里所含的元素。那元素不是别的，正是清欢。

最近有一天，突然想骑马，发现已经有十几年没骑了。到青年公园的骑马场时差一点吓昏，原来偌大的马场已经没有一株草了。一株草也没有的马场大概只有台北才有。马跑起来的时候，灰尘滚滚，弥漫在空气里的尽是令人窒息的黄土，蒙蔽了人的眼睛。马也老了，毛色斑驳而失去了光泽。

最可怕的是，不知道什么时候，马场搭了一个塑胶棚子，铺了水泥地，奇丑无比。里面则摆满了机器的小马，让人骑用，奇吵无比。为什么为了些微的小利，而牺牲了这个马场呢？

马会老是我知道的事，人会变是我知道的事，而在有真马的地方放机器马，在马跑的地方没有一株草则是我不能理解的事。

就在马场对面的青年公园，已经不能说是公园了，人比西门町还拥挤吵闹，空气比咖啡馆还坏。树也萎了，草也黄了，阳光也不灿烂了。从公园穿过去，想到少年时代的这个公园，心痛如绞。别说没有清欢了，这简直像极了佛经里所说的“五浊恶世”！

生在这个时代，为何“清欢”如此难觅？眼要清欢，找不到青山绿水；耳要清欢，找不到宁静和谐；鼻要清欢，找不到干净空气；舌要清欢，找不到蓼茸蒿笋；身要清欢，找不到清凉净土；意要清欢，找不到智慧明心。如果要享受清欢，唯一的方法是守在自己小小的天地里，洗涤自己的心灵，因为在我们的世界拥有愈多的物质，我们清淡的欢愉就日渐失去了。

现代人的欢乐，是到油烟爆起、卫生堪虑的啤酒屋去吃炒蟋蟀，是到黑天暗地、不见天日的卡拉 OK 去乱唱一气，是到乡村野店、胡乱搭成的土鸡山庄去豪饮一番，以及到狭小的房间里做方城之戏，永远重复着摸牌的一个动作……

人们以为这些放逸的生活是欢乐，想起来毋宁说是可悲的。为什么现代人不能过清欢的生活，反而以浊为欢、以清为苦呢？

一个人以浊为欢的时候，就很难体会到生命清明的滋味，而在欢乐已尽、浊心再起的时候，人间就愈来愈无味了。

这使我想起东坡的另一首诗来：

梨花淡白柳深青，
柳絮飞时花满城。
惆怅东南一枝雪，
人生看得几清明？

苏轼凭临东栏看着栏杆外的梨花：满城都飞着柳絮时，梨花也开了遍地，东栏的那株梨花却从深青的柳树间伸了出来，仿佛雪一样清丽，有一种惆怅之美。但是，人生能有几回看这么清明可喜的梨花呢？

这正是千古风流人物的性情，这正是清朝大画家盛大士在《溪山卧游录》中说的“凡人多熟一分世故，即多一分机智。多一分机智，即少一分高雅”和南朝文人陶弘景在《诏问山中何所有赋诗以答》中说的“山中何所有？岭上多白云，只可自怡悦，不堪持赠君”。他们自是第一流人物。

第一流人物是什么人物？

第一流人物是在清欢里也能体会人间有味的人物！

第一流人物是在污浊滔滔的人间，也能找到清欢的人物！

或者种花，或者散步，或者读书，或者深呼吸，
然后把半天或一天都沉入那件事情的专心之中。

得意的一天

宗镜门下万株松，
长年占断白云封。
人间未许闲相识，
一枝迸出笑春风。

——小山宗书禅师

现在有很多人感慨：生活愈来愈忙了！有一首流行歌曲叫《忙与盲》，说到现代人的处境，“忙得分不清欢喜和忧伤，忙得没有时间痛哭一场”，真是非常贴切。

我一向觉得中国字造得好，“忙”与“盲”拆开来看就是“亡心”与“亡目”，串起来说就是“现代人忙到失去了自己的心和眼睛”。心是用来觉受的，眼是用来观照的，那么我们可以说，现代人逐渐失去觉受与观照之力了。

我有一个朋友曾做过这样的实验，拿一斤的米分别给六十岁、三十岁、十五岁的几个人提提看，六十岁的老人可以非常准确地说：“这是一斤米。”三十岁的人则不准确，有的说是半斤，有的说是六两。十五岁的孩子往往连提也不想提，有的甚至还问：什么是一斤？——这就是觉受能力的失去。

另一个实验是拿一个接近圆形的椭圆形物体给同一组人看，六十岁的人一眼就看出是物体是椭圆形的，三十岁的人模棱两可，十五岁的人则往往看成圆形。——这就是观照能力的失去。

为什么愈是年轻的人愈是缺乏觉受与观照能力呢？原因是忙。由于忙，使个人的心性浮动，久了就使天生的觉照变得薄脆了，这种薄脆便是“盲”，是生命走向觉悟之路的盲点。

忙与盲在经典里都是有的，《往生礼赞偈》里把六道众生奔走钻营、茫然无定叫作“忙忙六道”，有一首《日没无常偈》就说：

人间匆匆营众务，
不觉年命日夜去。
如灯风中灭难期，
忙忙六道无定趣。
未得解脱出苦海，
云何安然不惊惧？
各闻强健有力时，
自策自励求常住。

经典里的“盲”是指众生昏昧暗冥，被无明烦恼所覆蔽，没有见理之明、无法理解智慧。《法华经》中说：“以贪爱自蔽，盲瞑无所见。”人的盲目来自贪爱，贪爱使人心亡而忙，因此“忙”与“盲”是交相生发的。

修行者也有盲点，那些执着于修定而不研究教法，暗于智解又骄慢自是的禅徒，被智顗大师在《摩诃止观》中称为“暗证禅师”，又叫“盲禅者”“暗禅比丘”。

忙碌使人盲目，忙碌也来自于盲目。想一想，就在二十年前，一般人一天只做一两件事，播种就是播种，搓草就是搓草，现在的人一天里谁不做七八件事呢？于是东西南北、南北西东，生命为之蹉跎，心意也愈来愈不能专一了。

禅者对生活专一的融入，对现代人的“忙”“盲”是有帮助的。我们可以做这样的训练，找一天对自己说：“我今天下午只要做听音乐这件事。”或者种花，或者散步，或者读书，或者深呼吸，然后把半天或一天都沉入那件事情的专心之中，让自己融入，放松我执，那么必然可以得意于言外，得鱼而忘筌。

如果我们在生命中曾有一个整日都融入于音乐之中，我们才会知道音乐多么美妙，才会体验生命如此难得。得其意于一刹那，才能得其意于一天，才能得意于一生、得意于永生永世。

春华难得，夏叶难得，秋实难得，冬雪难得，生命的每一天都很难得，但如果忙到看不见春夏秋冬，还谈什么难得呢？

禅心的启悟是在得其意，而意在言外，言外的事物在忙碌中、在盲目中怎能求得呢？

吃饭皇帝大

听说有一家比萨店，顾客一坐下来点菜，只要超过五分钟没送来，就完全免费招待。孩子感到好奇，一直吵着去吃。

我们去的时候完全没有想到的情况是，餐厅大客满，等了半小时才有空位。果然，菜单上印着五分钟尚未上菜便免费招待。点完菜，孩子开始计时，不到四分钟就送来了，效率真是高得惊人。

但是，我立刻想到，为了赶这五分钟，我们坐了四十分钟的计程车，排队等候座位花去半小时，吃完饭还要花至少三十分钟回家。菜单上五分钟的快速保证，每一分钟里都有二十分钟的代价。

这是现代人为了结局快速到来，而轻忽过程的一个活生生的例证，我们赶着在五分钟内上菜的心情，促使速食面、速食咖啡、速食餐厅大行其道。不仅在五分钟里做完菜，还希望不管做什么都不要超过五分钟，于是有了微波炉。尽管微波食品使做菜过程毫无乐趣，微波食品滋味普通，我们也只好食用，为了节省另外的五分钟。

不只是吃饭的五分钟，做其他事时，我们也要维持在每一秒钟都能操控局面或被操控的状态，于是有了传真机、寻呼机、手机、电脑。为使目标立即呈现，我们做了许多遥控器，电视、音响、灯光、冷气，大部分电器都附有遥控器。谁家的客厅桌子上，现在不是摆了一堆遥控器呢？

我们拼命把时间省下来，理论上时间增加了，实际上，我们在过程上所花费的时间还是惊人的，那种情形，就像电影理论大师爱森斯坦说的："许多人都以为是悲剧使我们流泪，其实不然，是因为我们有流泪的需要，这世界才产生悲剧。"

为了结局所产生的时间压缩，不仅未能使我们有更多空间来悠然生活，反而使我们更忙碌、烦恼、烦躁与不安，在暗地里付出更大的代价犹不自知。

这些代价最大的是，由于拼命想主控外境，反而终日被外境所转，失去敏于深思反省的气质。大部分人一整天在压缩的时间下生活，回到家立刻累倒了，哪有时间和思维做更深刻的心灵开发呢？

其次，生活逐渐分成两边，一边是像吃饭这种"无用"的事物，人们甚至不肯花超过五分钟来等待，这已经不叫"吃饭"而叫"填鸭"了；另一边则是充满快节奏的名利权位的诱引，整天奋力搏战，大部分人已经不知道放松、舒坦、从容是什么滋味了。

我们的生活如此紧张，所压榨出来的时间做什么用呢？用来"无聊"，用来"烦恼"，用来"比较"，用来"计划生涯"，计划怎么走向明日更忙碌的生活里去。

从一个更大的观点来看，生活中实在没有绝对必要的追求，那些在俗眼中绝不可缺的东西，在慧眼里看来都是浮沤泡沫一般。那些自以为做着惊天动地事业的人，有一天老了、死了，世界依然向前滚动。那些在寻呼机、手机里的催魂铃声，没有一声可以解决生命的困局。

打开生命的绳结，最好的方法是把时间与空间等同对待，打破过程与结局的界限，使从容与效率一样重要；也就是回到眼前来，使每一刻都变得丰盈而有价值。在这一点上，从前的禅师所说的“活在当下”“活在眼前”“看脚下”“喝茶去”“吃粥也未”“吃饭时吃饭，睡觉时睡觉”，已经有很好的见解了。

乡下有一句俗语说：

会吃才会大，会消才会活；
会爬才会跑，会困才会做。

这是认识到应以平等观照生活的智慧之语。吃饭是重要的，它滋养色身使我们长大，但比吃饭更重要的是排泄，一天不吃喝不会怎样，一天不排泄就完蛋了；会跑是重要的，但跑的方法始于爬行；会做是重要的，睡觉却比会做更要紧，铁打的身体三天不睡，也就委顿了。

由生活平等的智慧而产生了一句更值得思考的话：吃饭皇帝大。

意思是吃饭这件事的重要性胜过皇帝。因为从前在农村生活需要力气，力气的来源还是食物的补充，因此大家把吃饭看得比任何事都重要，即使是皇帝的圣旨驾到，也要等吃过饭再说。

我想起从前割稻的农忙时节，其紧张的状况并不亚于现代人的奔忙，吃饭与吃点心都是在收割的稻田中进行。每当热腾腾的饭菜从家里挑来，大家就会互相吆喝：“来哇，吃饭皇帝大。”然后大家或坐或蹲在田岸吃饭，那样专心与陶醉地吃饭，使我每次回想都十分动容。那种生活里单纯的渴望，在工作与吃饭时都同等专注的态度，在现代社会已经逐渐被遗忘了。

还有一句大家都知道的“歹竹出好笋”，现在被一般人解释为坏的父母也可能生出好子孙。其实种过竹笋的人都知道原意不是这样，是指如果要竹笋长得好，就要砍掉一部分的杂枝，竹笋才会有足够的养料。“歹”是动词，有“砍”的意思。

我把“歹竹出好笋”解释为，一个人一定要下决心砍除生活中繁复的杂枝，才会长出好的智慧芽苗。维持生活的单纯与专注，是提升慧心最好的方法。

不仅慧心来自每一刻充盈的对待，生命中有情的态度、感恩的胸怀、广大的包容都可能来自从容时的步步莲花。

这种在每时每刻都以全部心情融入的境界叫作“通身是手眼，无一处不是手眼”；叫作“一月普现一切水，一切水月一月摄”；叫作“好雪片片，不落别处”；叫作“五月松风，人间无价。柳绿花红，江山满目”……

我很喜欢白隐禅师的说法。有学僧问他：“为什么说‘毛吞巨海，芥纳须弥’？”

他说：“清茶一杯，煎饼一只。”

法身无相、法眼无瑕，一个人如果能在一杯清茶、一只煎饼中体会生命真实的滋味，随时保有横亘十方、纵横三际的气势，行于所当行，止于不可不止的胸襟。那么，生活从容一些、情感单纯一些、追求减少一些、效率舒缓一些，又有何妨？

什么事也不做，往往是生命的必要时刻。

随缘与任运

君但随缘得似风，
飞沙走石不乖空。
但于事上通无事，
见色闻声不用聋。

——佚名

李小龙尚未在电影圈成名时，在好莱坞教授武术。有一天教完武术，他和他的弟子，有名的剧作家史托宁·施利芳在一起喝茶聊天，谈到了“花费时间”和“浪费时间”的不同。

“花费时间是把时间花在某一个方式上，”李小龙首先开口，“在练功夫时，我们是花费时间，现在谈天，也是花费时间。浪费时间则是糊里糊涂或漫不经心地把时间耗掉。我们有时候把时间花费掉，有时候把时间浪费掉，至于花费或浪费，就全靠我们自己的选择了。无论如何，时间一过去，就永远不会回来了。”

“时间是我们最宝贵的商品，”史托宁同意，“我总是把时间分成无数的瞬间、交易或接触。任何人偷了我的时间，就等于偷了我的生命，因为他们正在取走我的存在。当我岁数变大时，我知道时间是我唯一剩下的东西。因此，有人拿着什么计划找我时，我就会估计该项计划将花掉我多少时间，然后问我自己：‘因为这个计划，我愿意从我所剩下的少数时间内，支取几个星期或几个月吗？它值得我花这么多时间吗？还是我只是在浪费时间呢？’如果我认为这计划值得我花时间，我就会去做。”

“我把同一尺度用在社会关系上。我不容许别人偷走我的时间，我不再广结天下豪杰，我只结交那些能够使我的时间过得愉快的朋友。在我的生命中，我空出若干必要的时刻，什么事也不做，但那是我的选择。我自己选择如何花费时间，而不盲从社会习俗。”

史托宁说完之后，李小龙望着天空，一会儿才问，是否可以借打电话。

当李小龙回来时，他微笑着说：“我刚才取消了一项约会，因为对方只是要浪费我的时间，而不是帮助我花费时间。”然后他很诚恳地对史托宁说：“今天你是我的老师。我首次知道我一直在跟某些人浪费掉多少时间，从前我从来没有想过他们是在取走我的存在。”

我一直很喜欢李小龙的这个故事，想到李小龙之所以只以很短的时间、少数几部电影就令人念念难忘，是因为除了他的电影和无数荣誉之外，他有一种敏于深思的气质。而这个故事告诉了我们一些关于禅的重要概念，例如要把握当下，因为每一个当下都是生命最宝贵的存在；例如什么事也不做，往往是生命的必要时刻；例如吃饭睡觉虽然是时间的花费，但花费不一定是浪费；例如修行者讲随缘，必须要有舍的态度。

“当下即是”“把握当下”“活在眼前”是一种平常心与平常事的体现，是彻底地契入生命的存在，也是一种不纵容的思想。宗宝禅师曾把这种精神说成是：“事来时不惑，事去时不留。”马祖则说：“任运过时，更有何事？”

现代人喜欢讲随缘，却不知随缘并不是跟着因缘转，而是其中有所不变。

在禅者而言，“随缘”就是“任运”，是在世缘之中不为世法所染。

这种任运，古来的禅师说了很多，像道悟说：“任性逍遥，随缘放旷，但尽凡心，别无圣解。”像云门说：“终日说事，未尝挂着唇齿，未尝道着一字。终日着衣吃饭，未尝触着一粒米，挂着一缕丝。”像大珠说：“解道者行、住、坐、卧，无非是道。悟法者纵横自在，无非是法。”

道是道路，是人人能走的；法是方法，也是人人能用的。因为人人能用，所以是平常的。我很喜欢《金刚经》的开头：“尔时世尊食时，着衣持钵，入舍卫大城乞食。于其城中，次第乞已，还至本处。饭盒讫，收衣钵。洗足已，敷座而坐。”这是说世尊也要吃饭，也要洗脚，也过平常生活，他要花费很多时间在这上面。为什么我们不觉得世尊吃饭、洗脚是“浪费时间”？那时因为悟道者有平常的一面，他随顺世缘，任运自在。

其实，真正的悟道者是没有“浪费”的问题的，他在每一个当下花费他的时间，正如潭州谭禅师说的两首偈：“寂寂无一事，醒醒亦复然。森罗及万象，法法尽皆禅。”“一月普现一切水，一切水月一月摄。若人解了如斯意，大地众生无不彻。”

我们还没有达到那样的境界，所以我们对时间、生命、存在应该有所选择，在随缘中不随波逐流，在任运中不放任纵容，我们的生命才不会“漫不经心”地浪费掉。

让一些疯狂存在你心里，那会给予你生命的热情，使生活更加充满朝气。

采更多雏菊

不可以一朝风月，昧却万古长空。
不可以万古长空，不明一朝风月。

——善能禅师

有一个八十五岁的年老的女人被问道：“如果你必须再来一次，你要怎么生活？”

那个老妇人说：“如果我能够再活一次，下一次我一定对更少的事情采取严肃的态度，我一定要放松，我一定要使自己更柔软灵活，我一定敢去犯更多的错误，我一定要冒更多的险，我一定要作更多的旅行，我一定要爬更多的山、渡更多的河，我一定要吃更多的冰淇淋、吃更少的豆子……”

“我是一个去到每一个地方都要带温度计、热水瓶、雨衣和降落伞的人，如果我可以再来一次，我一定要比这一生携带更轻的装备旅行……”

“我是一个每天、每小时都过得很明智、很理性的人，我只享受过某些片刻。如果我要再来一遍，我一定享受更多的片刻。我一定不要其他什么东西，只要尝试那些片刻，一个接一个，而不要每天都活在未来的几年之后。”

"如果我必须再活一次，我一定要在初春就开始打赤脚，然后一直维持到深秋。我一定要跳更多的舞，我一定要坐更多的旋转木马，我一定要摘更多的雏菊。"

这是印度修行者奥修在《般若心经》里讲的一个故事，接着他做了这样的评述："尽可能尽兴地去过这个片刻，不要太理智，因为太理智导致不正常。让一些疯狂存在你心里，那会给予你生命的热情，使生活更加充满朝气；让一些无理性一直存在，那会使你能够游戏，使你能够有看游戏的心情，那会帮你放松。一个理智的人完全停留在头脑里，他没有办法从头脑下来，他生活在楼顶上。你要到处都能生活；这是你的家，楼顶上，很好！一楼，非常好！地下室，也很美！我要告诉这个年老的女人：不要等到下一次，因为下一次永远不会来临，因为你会丧失前世的记忆，同样的事情又会再度发生。"

我们在生活里通常会遇到类似的问题："如果你再活一次"，"如果再从头开始"……大部分人的经验都是充满遗憾的，希望下一生能够弥补（如果真有下一生的话），极乐世界或者天堂正因为这种弥补而得以形成。只有极少数人知道，下一世是渺茫的寄托，不如从此刻做起；这些人使我们知道世界上有更活泼的风景。我就认识好几位到了老年才立志做艺术家的人，我也认识几位七十岁才到小学读补校的老人。

最近，我遇到一位七十五岁的老人，他热爱旅行，他的朋友时常劝阻他，因为担心他会死在路上，他说："死在路上也是很好的事。"不久前，他到大陆旅行，生了一场大病，上吐下泻，别人又劝告他，他说："陌生的旅途，总有不可预料的事，在那里生病总比没去过好！"

每次看到这样用心生活在当下的人，都使我有甚深的感悟。

我们的生命是由许多片刻组成的，但是我们容易在青少年时代活在未来，在中老年时代沦陷于过去。真正融入片刻，天真无伪地生活的只有童年时代了。

禅者的生活无他，只是保持在片刻的融入罢了。活在当下，活在眼前，活在现成的世界。

因此，我们对生命如果还有未完成的期盼，此刻就要去融入它，不要寄望于渺茫的来生。活在一个又一个的片刻里，到死前都保有向前的姿势。只要完全融入一个纯粹天真的片刻，那也就够了。有很多人活在过去与未来的交错、预期、烦恼之中，从来没有进入过那个片刻呢！

我们来看奥修对“片刻”怎么说：“你不要等到下次，抓住这个片刻，这是唯一存在的时间，没有其他时间。即便你是八十五岁，你也可以开始生活；当你八十五岁，你还会有什么损失吗？如果你春天打赤脚在沙滩上，如果你搜集雏菊，即使你死于那些事，也没什么不对。打赤脚死在沙滩上是正确的死法，为搜集雏菊而死是正确的死法，不管你是八十五岁或十五岁都没有关系，抓住这个片刻！”

春华难得，夏叶难得，秋实难得，冬雪难得，生命的每一天都很难得。

人在江湖

土能浊河，不能浊海。

风能拔树，不能拔山。

做生意的朋友来看我，谈到内心里的许多挣扎，说有时候为了生意，不免要去应酬、喝酒，有时还要对别人设计、扯谎，其实自己的内心里向往着规规矩矩地做生意，过单纯的生活，但这样的希望是很不可得的。

他的结论是："人在江湖，身不由己呀！"

朋友走了以后，我想到，"人在江湖，身不由己"不只是做生意的人，也是一般人去做那些不随己意的事时最常用的借口。江湖，真的那么可怕吗?什么是江湖呢?

"江湖"的用语最早出自《庄子·大宗师》里的"不如相忘于江湖"，指的是三江五湖，后来成为佛教里的常用语，云游四海的云水僧人就称为"江湖人"。

那是因为在唐朝的时候，江西有马祖道一禅师，湖南有石头希迁禅师，两位禅师的德声享誉四方，同时大树法幢，当时天下各地的神僧，如果不是到江西去参马祖，就是到湖南去参石头。由于古代的交通不便，光是走到江西、湖南就要一年半载，他们沿路挂单参访，称为“走江湖”。走在江湖上的行者，别称为“江湖人”“江湖僧”“江湖众”。

江湖还有别的意思，像禅士如果散居于名山大刹之外，居于江畔湖边自己参究的，也称为“江湖人”。

或者，一般隐士之居，也可以叫“江湖”，如《汉书》之“甚得江湖间民心”，范仲淹《岳阳楼记》说“处江湖之远，则忧其君”。

因此，在早期，“江湖”是很好的字眼，它象征着一种自由追求真理的态度；“江湖人”也是很好的字眼，指那些可以放下一切，去探究生命真相的人。

不知道从什么时候开始，在中国民间，“江湖”成为了通俗的称呼，浪迹于四方谋生活就为“走江湖”或“跑江湖”；阅历丰富的人称为“老江湖”，而以术敛财的人叫“江湖郎中”。这些都还是好的，“江湖”只是名词而已，到了现在，“江湖”成为“染缸”的同义词，政客在国会打架、骂“三字经”，说“人在江湖，身不由己”；商人出卖灵魂，重利轻义，说“人在江湖，身不由己”；黑社会杀人放火，无所不为，说“人在江湖，身不由己”。

你们的江湖到底是什么样的江湖呢？

人处世间，江湖风险似乎是不可避免的，但是在同一个江湖里，有人自清自爱，有人随浊随堕，完全看个人的选择，“身不由己”只是一个借口罢了！我想起《韩非子》里说：“不可陷之盾与无不陷之矛，不可同世而立。”如果心里有清白的向往，而还继续混浊，当然会有矛盾、冲突与挣扎了。

在我们幼年时代，没有自来水，家家户户都在庭前摆水缸，接雨水备用，接来的水要先放一两天澄清，等泥尘沉淀才可使用。有时候孩子顽皮，以手去搅水缸，只要两三下，水就不能用了，要再澄清两天才可用。

因此，我们很小的时候就知道绝对不要去搅水缸，因为“要使水澄清很难，要一两天；要使水混浊很容易，只要搅一两下”。

身在江湖的人也是一样的，古代的禅师为了发觉内在的澄明泉源，不惜在江边湖畔苦苦寻索，是看清了“江湖寥落，尔将安归”的困局；现代的人则随着欲望之江陷溺于迷茫之湖，向外永无休止地需索，然后用“身不由己”来做借口。

即使我们真是身在江湖，也要了解江湖真实的意涵，“春风桃李花开日，秋雨梧桐叶落时”，江湖实不可畏，怕的是自己一直把手放在水缸里翻搅。

如果马祖与石头还在，我也真想去走江湖，但是如今最好是安住于自己的心，来让那心水澄清，以便那一天可以拿来饮用呀！

单纯的生活已渺不可得，但我们还是可以维持单纯的心。

纯心走天下

在市场边，看到一位面目和善的老太太，一身朴素的蓝衣，面前两只篮子，沉默地坐着。一眼就能看出这老太太并非市场摆摊子的小贩，我便走过去，看她篮子里放的是什么东西。原来，老太太是茶山人，带着采茶的副产品茶油与茶块到市场贩售，贴补家用。

茶油是茶籽榨出的油，十分常见，但以茶籽渣压成的茶块，却已经有许久未见了。茶块的形状就像是普洱茶饼，是圆盘形的，大小也如普洱茶饼，颜色则清淡一些。早年的乡间缺乏卫浴用品，茶块是最早的香皂，洗过之后，全身茶香，令人难忘。现在卫浴用品充实，价廉物美，茶块自然就被淘汰了。连住在茶山的人自己也不用茶块，只是偶尔带下山，卖给特别念旧的人。

念旧与回味的代价是高昂的，老太太的茶块一个要卖一千元钱，足足可以换一百块香皂。

我买了一个茶块，边走边回想起，在许多许多年前，用茶块洗头、洗脸、洗澡、洗脚、洗碗筷的年代，茶块几乎是万能的。长途旅行的时候，塞一个茶块在包袱里，就可以走遍天下了。

一直到现在，中南部乡间都把“香皂”称为“茶块”，不知情的孩子拿着名叫“茶块”的香皂洗浴，可能连真正的茶块都没有见过哩！

回归单纯的心

一个茶块可以衍生出多少东西呢？

我们走入大型的购物中心，洗发精少说也有数百种，洗碗精也是数十种，沐浴用品更被细分为沐浴乳、浴盐、泡澡粉、香皂、温泉素等等，每一种都有上百个品牌……

在眼花缭乱的同时，也使我们看到，这些庞杂无比的卫浴用品，其实是时代的一个显影，显示了我们时代的庞杂无比。在这样的时代里，要回归单纯的心，难度也当是前人的千万倍呀！

我想到老子的一句警语：为学日益，为道日损。

我们渐进累积地生活与学习，虽然对知识是有益的，对道的体认，非但无益，反成障碍。

人生的知识需要的是加法，但是人生的智慧需要的却是减法，老子更斩钉截铁地说：“绝学无忧。”我们向外追求，希望能多学而致道，只是增加烦忧，对于以无心为要的道是完全无用的。

想要行脚天下、走过生之长路的人，行李愈少，走得愈远，愈为顺畅。

金银钻石虽是宝物，如果绑在大鹏的翅膀上，别说“挟泰山以超北海”，抟扶摇而上云霄，即使只飞三尺，也会振翅维艰。

在这个时代里，单纯的生活已渺不可得，但我们还是可以维持单纯的心。如庞蕴居士所说：

“身现凡夫事，内照自分明。”（每天做着凡夫俗事，内心的觉照却清清楚楚。）

临济义玄曾经告诉弟子：

“佛法无用功处，只是平常无事。屙屎送尿，着衣吃饭，困来即卧。愚人笑我，智乃知焉！”（那些日常里的事，愚笨的人看我是凡夫而取笑我，只有智者才知道呀！）

知道什么呢？知道我有一颗纯粹的心。如庄子说：

“块然独以其形立，纷而封哉，一以是终。”（我的内心已经安定，在世事纷乱之中，我能抱着这种真一的心，不惑不移，不困不愚。）

一株菊花都含有天地万物生生不息之理存在

用一百种沐浴用品清洁的人，并不会比单用一个茶块的人高级或时髦；

脑海里堆满了各种资讯的人，也不会比远离资讯的人深刻或广大；

一日说一万句话的人，更不一定比一天说十句话的人细腻或清晰；

……

或许是我们时代的悲哀吧！人们总是向往那些复杂的、多元的、常变的、热闹的，却放弃那些单纯的、一元的、不变的、宁静的生命情调。

我渴望反其道而行！

回到家里，我把老太太卖的茶块剥下一片，用水泡在小碟里。

仿佛我还是一个孩子，细心而欢愉地沐浴，用茶块洗了头脸，洗了身体，洗了手脚，感觉细致而滑润，全身都被茶香包围了。

包围我的不只是茶香。

我的耳边响起铃木大拙的话：

即使庭院中的一株菊花、一根树枝、一片花瓣、一滴露水，也都有禅与生命法理存在。并非这些事物显出神秘，才使得佛性照耀，本来一株菊花就具有天地万物生生不息之理！

茶块亦然呀！

如果喝茶吃粥时有湛然清明的心，其尊贵至高并不逊于人间伟大的事功。

步步起清风

我很喜欢禅宗的一个公案：

五祖法演禅师门下有三个杰出的弟子，佛果克勤、佛鉴慧懃、佛眼清远，时人号称“三佛”。

有一天，法演带着三个弟子，在山下的凉亭夜话。回寺的时候，灯突然灭了。在黑暗中，法演叫每一位弟子说出自己的心境。

佛鉴说：“彩凤丹宵。”

佛眼说：“铁蛇横古路。”

佛果说：“看脚下！”

法演当场给佛果印可，说：“将来能传扬我的宗风的只有你呀！”后来，佛果克勤禅师果然宗风大盛。

我喜欢这个公案，原因是它直截了当，一个人在无灯的黑夜走路，不必思维，只要看脚下就好。其次，我喜欢它的明白平常，简单的三个字就说明了，禅的根本精神是从站立的地方安身立命，没有比脚下更重要的地方了，因为一失足就成千古恨。

“看脚下”虽然如此简明易懂，却意味深长，六祖所说的“密在汝边”，祖师所说的“会心不远”，都是说明真正美妙的心灵经验，不必到远处去追求。可惜大部分的人，都是舍弃了心灵的空地，去追求远处的境界，那就无法“即心是道场”，不能即刻点起已被风吹熄的烛火，继续前进。

不能看脚下的人，自然不能立定脚跟，这在禅宗里叫作“脚跟未点地”，也叫作“脚下生烟”。一个人的脚下如果生起烟雾，便无法落实于真切的生命，就好像腾云驾雾地过着虚妄的生活。

有时候我到寺庙里参访，在门槛的柱子上，或在容易跌倒的阶梯上，就会看见贴着“看脚下”三字，顿时心里一阵感动，有一种体贴之感，因为那时如果不看脚下，就会立刻跌倒了。

“看脚下”其实包括了禅宗几个重要的精神，第一个精神是要活在当下，不活在过去与未来之中。人生的忧恼，大部分来自过去习气的牵绊，以及对未来的企望，如果时刻活在现前的一境，忧恼立即得到截断，例如喝茶的时候，专注于喝茶，不心思外驰，立刻可以得到专注之境。这不只是开悟的境界，一般人也可以领受与体验。

马祖道一禅师开悟以后，声名大噪，他未出家前结交的几位老朋友对马祖的开悟半信半疑，于是相约一起去见马祖，并且希望能沿路想一些问题去请教请教。

这几位朋友出发不久，就看见一只老黄牛被绑在大树上，鼻子上穿了一根绳子。黄牛由于不能走远，就绕这棵树行走，最后把鼻子碰在树上，又往反方向绕，越转越紧，又碰在树上。其中一位就说：“我们就拿这件事去请示马祖好了。”

再往前走不久，突然看见一只秋蝉飞来，脚被蜘蛛丝粘住了，飞不过去，心里一着急，吱吱大叫。蜘蛛看见秋蝉粘在树上，立刻赶过来要吃它。在这生死关头，秋蝉奋力一冲，呼啦一声，离开蛛丝飞走了。其中一位说：“我们再拿这件事去请示马祖。”

最后，他们见到马祖，第一位就问说：“如何是团团转？”

“只因绳子不断。”

“绳子断了，又如何？”

“逍遥自在去也！”

马祖的老朋友听了都很吃惊：马祖明明没见到老牛，怎么知道我们问什么呢？

第二位又问：“如何是吱吱叫？”

“因脚下有丝！”

“丝断了，又如何？”

“呼啦飞去了！”

马祖的老朋友当下都得到了开悟。

使人生不能自在的，是由于过去习气的绳子拉着我们团团转；使我们不能自由的，是情丝无法斩断。如果能回到脚下，一念不生，就自由自在了。

第二个看脚下的精神，是以平常心过日常生活。例如经常教人参“无”字公案的赵州禅师，每每对初来的人说“吃茶去”“吃粥也未”。马祖道一也说：“吃饭时吃饭，睡觉时睡觉。”百丈怀海说的则是：“一日不作，一日不食。”都是在示人，以圆融的态度来过平常的生活，而不是去追求不着边际的开悟。

“看脚下”是以平等的态度来对待生活里的一切，不为某些特殊的目的而放弃对历程的深思与体验，在每一个朝夕，都能“不离当处常湛然”，如果喝茶吃粥时有湛然清明的心，其尊贵至高并不逊于人间伟大的事功。

《六祖坛经》就说：“于一切时中，念念自见，万法无滞，一真一切真，万境自如如。如如之心，即是真实。若如是见，即是无上菩提之自性也。”

在每一刻的真实中，万法的真实即在其中。“掬水月在手，弄花香满衣”，掬水或弄花是平常而平等的，明月在手、花香满衣就变得十分自然。如果不能善待眼前的片刻，不就像以手捉月、舍花逐香吗？哪里可得呢？

看脚下的第三个精神，是以法为灯，以自为灯，去除依赖的心。

山中的烛火熄了，不仅要照看自己的脚下，还要以自己的眼睛和心灵为灯，小心地走路。这个世界上虽有许多人可以告诉我们远处美丽的风景，却没有一个人能代替我们走茫茫的夜路。

只要点燃心中的灯，一心一意地生活下去，便可以展现充实的生命。一般人无法见及生命的丰盈，不能免于恐惧，只缘于没有脚跟着地罢了。

接着，我们的灯如果燃起，就可以照看到“看脚下”的最高境界，是云门禅师所说的“日日是好日”，不管晴、雨、悲、喜，身心都能安然，甚至于连心痛的时刻，都能知道明日可能没有心痛之境，而坦然欢喜。

“日日是好日”，表面上是“每天都是黄道吉日”的意思，但内中更深切的意义是“不忧昨日，不期明日”，是有好的心来看待或喜或悲的今天，是有好的步伐，穿越每日的平路或荆棘，那种纯真、无染、坚实的脚步，不会被迷乱与动摇。

在喜乐的日子，风过而竹不留声；在无聊的日子，不风流处也风流；在苦恼的日子，灭却心头火自凉；在平凡的日子，有花有月有楼台；随处做主，立处皆真，因为日日是好日呀！

“看脚下”真是一句韵味深长的话，这是为什么从前把修行人走的路叫作“虎视牛行”——有老虎一样炯炯的眼神，和牛一般坚实的步伐，也叫作“华严狮子”——每一步都留下深刻的脚印。

从远的看，人生行路苍茫，似乎要走很多的步幅；从近的看，生死短促，只在一步之间，在每一步里，脚底都有清凉的风，则每一步都不会错过。

那么，不管灯熄灯亮，不管风雨雷电，不管高山深谷，回来看脚下吧！脚下虽是方寸，方寸里自有乾坤。

什么是浪漫？浪漫其实就是创造一种时空、一种感受、一种向往、一种理想，在你的世俗土地上开出一朵玫瑰花。

三十岁后始觉悟

在人生最底层也不要放弃飞翔的梦想

我的人生几乎是从最底层出发的。我生长在一个几乎没有文化和文明的地方，而且家庭十分贫困。我没有读过什么好的学校，学校里的老师经验也都很不足。就像给我们教英文的老师，其实他只是受了几个月的短训就上岗了。但这没有妨碍我们的成长。

这位老师教我们用汉字来记住英文单词，“土堆”就是today，“也是土堆”是yesterday，而tomorrow就理所应当地变成了“土马路”。于是，我记住了这些单词，还明白了一个道理：“今天是土堆没关系，昨天是土堆也没关系，只要明天能成为一条土马路就行。”

十七岁那年，我决定离开家乡。临行前，妈妈送了我一样东西，一个玻璃的瓶子，里面装着黑黑的东西。母亲说：“你别小看，这里面装了三样重要的东西，一样是拜祖先的香炉里的香灰，一样是农田里的土，还有一样是井里的水。闽南人的祖先在离开家乡的时候都会带着这个，说是带着这个去到别处就不会水土不服；而且，有了它们，走到哪里，哪里就是你的家乡。”这个瓶子至今还摆在我的桌上，它让我明白了什么是家乡。

因为身上没钱，离家后的生活一度过得很苦。我曾经在餐馆当过服务生，做过码头工人，摆过地摊，还在洗衣店烫过衣服，甚至还杀过猪。杀完猪回到家，洗完手，就继续写作，变成作家。那会儿我十七岁，开始陆续发表作品，被一部分读者视为“天才”。

我一直坚持写作，希望能变成一名成功的作家。在我们那个地方，几百年来没有出现过一名作家，我知道要实现自己的理想，一定要比别人更勤快。我从小学三年级时开始，规定自己每天写五百字，不管刮风下雨，心情好坏；到了中学，每天写一千字的文章； 到了大学，每天写两千字的文章；大学毕业以后，每天写三千字的文章。到现在已经四十年了，我每天还写三千字的文章。

在我生长的年代，要当作家很难，因为稿费很少。我还有个习惯，就是绝不废话，能三千字写完的绝不会写成五千字，能五百字写完的绝不会变成一千字。

当作家并不是那么容易的一件事。为了生存，我开始去报社上班。我对成功的渴望很强，和当时的所有年轻人一样，希望得到名利、金钱、影响力。我工作很卖力，因而很快就升迁，第六年就当了总编辑，同时还在报纸上写十八个专栏，主持节目，当电视公司的经理，还做了广播节目《林清玄时间》，一时风头无两，成为大众眼中成功的人。

到如今，我一共写了一百七十几本书，摆起来比我的身高还高。当时有本杂志，评选“四十岁以下的成功人士”，我排行第一，排在后面人是马英九。

觉悟就是“学习看见我的心”

我以为，成功应该很快乐，应该每天带着“神秘的微笑”，但事实上很难，因为每天从早到晚要开七八个会，还要和很多你不喜欢的人约会、应酬。到最后，生命的时间和空间被挤压，我发现自己已经很难静下心来写一篇文章，而且幽默和浪漫精神不见了，对年轻时候向往的东西都失去了兴趣。

有一天，我在报馆里等待看样刊，无聊的时候就翻开了一本书，开篇第一句话说："到了三十岁的时候，要把全部的时间用来觉悟。如果到了三十岁还没有把全部时间用来觉悟，就会一步步走向死亡。"我当时很震惊，因为那会儿我已经过了三十岁了，却完全不知道觉悟是怎么回事。我开始思考：什么是觉悟？不久之后，我辞掉了所有的工作，到山上去闭关，去清修和思考，开始走进佛教的世界。清修持续了三年，这也是为什么后来我的作品中有了很多关于宗教的元素。

三年后，我觉得自己已经有了很多领悟，明白"觉"就是"学习看见"，"悟"是"我的心"，所谓"觉悟"就是"学习看见我的心"，因为心恋红尘，我决定下山。

在山下路过一个水果摊，我想买点水果，当时老板不在，我便在边上等。这时候一个路人过来，问我水果怎么卖，将我误认为老板。我当时的第一反应是：我经过了三年修行，大家竟然看不出来我很有智慧？随即我就意识到，觉悟修行并不会改变人的相貌，只是内心起了革命。

之所以讲觉悟，是因为现代社会，很多人看不到自己的心。我们把生活分成两部分，一部分是重要的生活，一部分是紧急的生活，会发现很多人都在紧急地生活，随波逐流，而不是重要地生活。

什么是重要的生活？陪着爱人散步，躺在草地上看星星，有没有幽默感，懂不懂得爱和宽容——这些是重要的。而每天着急上班、学习、考试，是紧急的。当人整天在紧急的事情里面打转的时候，"琴棋书画诗酒花"就会变成"柴米油盐酱醋茶"。要学会腾出一些空间，进入"重要的生活"。

有位有钱的博士，叫王永庆，他在九十二岁的时候去世了，在美国巡视工厂的时候。我听到消息很难过，我想：如果我九十岁有五千亿财产，我会去巡视工厂吗？答案是一定不会。王的后人迄今还在为财产争夺不休，这是一件很让人伤心的事，因为他们没有觉察到什么才是重要的生活。

还有一位富翁叫郭台铭，虽然他有很多财产，但他最后娶了一位平凡的舞蹈老师。我问他："你为什么会选她？"他回答我说："我太太最大的优点，是她身上闻不到钱的味道。"这表明，对于一个整天追逐金钱的人来说，没有钱的味道反而是最大的优点，意味着这个人并没有掉进欲望的泥沼。

再艰难时，也不要失去对人生真实价值的认知

怎样才能觉悟？你必须做到以下四点：

第一，要尽可能地把所有时间和空间都留给那些重要的事情。

历史上有一个很了不起的人，叫陆羽。他是一名弃儿，长大后，他给自己取了陆羽的名字，意思是漂流在陆地上的一根羽毛。他立志要喝遍天下的茶，饮遍天下的水，于是从九岁开始就一直旅行。我后来曾追随他的饮茶之路去寻访，深刻地体会到了他的不容易。全国的茶区那么多，在只依靠步行的年代，他都一一走遍，还写下了《茶经》——这成为迄今无人超越的经典，支撑他的，就是一股叫作梦想的力量。他懂得，在有限的人生里，什么是重要的事情。

第二，你必须意识到，世俗的事务并非无价。

什么是无价的？是浪漫的精神。有一次我去上海演讲，和朋友站在黄浦江边吹风，觉得夜晚的黄浦江格外的美，十分浪漫。此时，我的同伴撞了我一下，"喂，你知道黄浦江边每年有多少人自杀吗？"哈，真是煞风景。

什么是浪漫？"浪费时间慢慢吃饭，浪费时间慢慢走，浪费时间慢慢喝茶……这些都是浪漫"，浪漫其实就是创造一种时空、一种感受、一种向往、

一种理想，在你的世俗土地上开出一朵玫瑰花。

即便是被世俗捆绑，即便是处于人生低谷，也要时刻保持浪漫精神。求婚也并不一定需要房子、车子、票子，以及很大的钻戒，我只是写了“纵使才名冠江东，生生世世与君同”两句诗，妻子就感动异常，嫁给了我。

第三，不要失去对真实价值的认知。

现代社会，很多人对价值的认知已经不那么清楚。

有一次，我在上海走过一家百货商场，看见橱窗里挂着一个包，售价是一百万元人民币。那是爱马仕的鳄鱼皮包。我很吃惊，谁会花一百万元人民币买这个包呢？但显然是因为有人买才会有销售。

很多人都被这些名牌捆绑和魅惑，在吃穿用度上，花很多钱来消费，但事实上，他们看中的并不是物品本身的价值，而是价格。我到商场里去买衣服，都会问服务员，有没有没牌子的东西？只有撕掉牌子，物件才会回归本身的价值。因为我希望寻找的是生命的价值。

我认识北京的一个有钱人，是个矿产大亨，每年赚一百多亿人民币。他家地面铺的是玻璃，下面水池里养着锦鲤。这些锦鲤都经过标准的挑选，不合格的鱼会被拿去扔掉或给大鱼吃。

因为不符合某些标准，有些锦鲤一出生就被决定了凄惨的命运。后来，我把那些不合格的鱼买了回来，养出来也格外与众不同。人如果只认识统一的、固定的价值观，实际上是很可怜的。好在人不是锦鲤，就算出生微贱，也可以通过自己的努力，找到自己生命的价值。

第四，要认识到这个世界是多元的而不是单一的。

这个世界的可怕之处在于，大部分人被训练成单一的人，按照上学、考试、工作、结婚等标准流程活着。这很值得检讨。

你看看这个世界，辣的是辣椒，酸的是柠檬，苦的是苦瓜，甜的是甘蔗。如果你把他们养在一块土地上，可能会出现两种结果：全部死掉，或只有一种活下来。他们本来活在不同的土地上，有不同的成长经历，如果硬将他们放在一起，也许辣椒最后会变成苦瓜。

人需要发展自己的特质，但是也要包容别人的不同，这个世界才会精彩。因此家长也不要总拿自己的孩子和别人家的作比较，因为辣椒不需要和茄子比较，辣椒只要自己够辣就好。

人从小就要发现自己最合适做什么，做什么才最快乐。我这辈子一直想当作家，从来没有改变。清华大学举行一百年校庆的时候，有学生问我："你已经写了一百七十多本书，还会接着写吗？"我的回答是，如果我下午会死，我会写到今天早上；如果明天会死，我会写到明天早上。我已经写了四十多年，一直在想，我最好的作品还没有写出来，我要一直努力。

如果你现在问我什么是成功，我会说，今天比昨天更慈悲、更智慧、更懂爱与宽容，就是一种成功。如果每天都成功，连在一起就是一个成功的人生。不管你从哪里来，要去到哪里，人生不过就是这样，追求成为一个更好的、更具有精神和灵气的自己。

第二辑

放下过后更澄明

如果我们企图停驻在过去的快乐，
那真是自寻烦恼，
而我们不时从记忆中想起苦难，
反而使苦难加倍。
生命历程中的快乐或痛苦，
欢欣或悲叹都只是写在水上的字，
一定会在时光里流走。

欢喜心过生活

超越的心

一个人活在这个世界上，他的痛苦、失败、成功跟快乐，其实都是很类似的，但是有的人活得精彩，有的人活得开心，有的人却活得痛苦烦恼，那主要是因为心的态度。心有没有经过锻炼是很重要的。一个人要过得很开心，第一个非常重要的态度就是，你要不断有超越的心，不断地超越原来的自我。

有一个小孩子发明了一种机器，可以拍西瓜或者拍凤梨，一拍就可以测出水果的甜度，准确度百分之百。这个小孩怎么那么厉害？原来孩子出生在一个种凤梨的果农家庭，从小就看爸爸每天测凤梨甜度。怎么测？用手指弹，如果有汁肉的声音就是甜的，鼓的声音是酸的；如果砰砰地响，这个凤梨是不能吃的。爸爸每天要弹三万个凤梨，弹到后来中指比一般人长一节。小孩子每天在旁边看，心里很感慨，为什么没有一种机器可以代替爸爸的手指？于是他每天做研究，到高中的时候发明了这种机器。

这样的新闻使我感动，这个小孩子从小就想要超越他的自我。在这个世界上，人就是动物的一种，有动物的习气。一开始人追求的就是物质世俗的享受。

这并没有什么错误，但是一段时间以后，你会发现，这些并不能带给你真正的快乐，这时你就会进入第二个层次，进入文明跟文化的追求。

我有一个朋友是非常有名的画家，有一天我去找他，走进他家的花园，看到里面有一只非常巨大的乌龟，有几百斤重，背上长满了星星，很漂亮。我问他乌龟是哪里来的，他说："巴西带回来的。"

原来，他去巴西开画展时看到这只乌龟很漂亮，想要把它带回家。可是乌龟没法坐飞机，因为太巨大，只能坐船，这需要三个月的时间。他就做了一个柜子把乌龟装进去，然后用货柜装上轮船。他想，这一路上乌龟没吃没喝，也没有阳光，一定会死掉，转念一想：死了就算了，因为我喜欢乌龟的壳而不是它的肉。三个月以后，乌龟运到了，他到港口去接。想象不到的事情发生了，乌龟的头从柜子里伸出来，脸上带着神秘的微笑。——这里插句话，以后大家注意，凡是面带微笑的动物都活得很老，乌龟、海豚、鲸鱼、大象、白鹤，脸上都带着微笑；凡是脸上很凶恶的，大概活的时间都不会很长，狮子、老虎、豹子、豺狼表情都很难看。

我问乌龟好不好养，他说："很好养！一天早上吃两根香蕉，晚上吃两根香蕉就够了。"那天忘了带相机，我就跟朋友说好两个星期以后来跟乌龟合影。

两个星期后我去找他，发现乌龟在他的书桌上，只剩下一个壳。三个月不吃不喝还活着的乌龟，为什么两个多礼拜就死掉了？原来，朋友要去高雄开画展，想到这只乌龟没有人养，就买了两串香蕉，把乌龟叫过来说："你每天早上吃两根，下午吃两根，知道吗？"乌龟一直跟他点头，脸上还带着神秘的微笑。他确定乌龟已经听懂了，就去开画展。回来以后乌龟死掉了，香蕉也不见了，找兽医来解剖，一剖开，乌龟满肚子香蕉。原来让它两个星期吃掉的香蕉，它一天就全部吃光了。

人如果不节制，也跟这只乌龟一样。欲望的满足是非常短暂的，而且是永远不能满足的。为了这么短暂的满足而花太多的时间跟精力，实在不值得。这时人就会走进人生的第二个层次，就是文明的、文化的满足。

譬如说你有了一套房子，你会挂几幅画，装一套音响、一台电视，陶冶你的身心。但文化跟文明得到满足之后，又会陷入一个问题，就是即使你有最好的文明跟艺术修养，你也不能对抗人生真正的痛苦。

人生真正的痛苦是什么？依佛教的说法有八种痛苦：爱别离、怨憎会、求不得、五阴炽盛、生、老、病、死。活着本身就是一种痛苦；老化是一种痛苦；生病是一种痛苦；死亡是一种痛苦；相爱的人一定会别离；讨厌的人偏偏碰在一起叫怨憎会；五阴炽盛就是虽然天下太平没有什么事情，可是坐下来，烦恼就像火一样燃烧着我们的心；所求不得就是你签的号码永远开不出来，你要求的都求不到。

这些痛苦，即使是具备最好的文化跟艺术修养的人都不能克服，于是这样的人就会走向人生的第三个层次，就是灵性的层次、宗教的层次、精神的层次。

孔子的一个学生颜回住在很简陋的巷子里。孔子说："回也居陋巷，一箪食，一瓢饮，人不堪其忧，回也不改其乐。"颜回每天吃一点点稀饭，喝一点点水，人们都觉得这样是很痛苦的事情，可是颜回却过得很快乐。为什么？因为他的内心里有一种宗教的、性灵的、精神的满足，而这种满足使他可以超越物质的限制。这种超越的心是很重要的，一个人如果没有超越的心，他就不会有新的发展。

我在小学三年级的时候，立志要成为一个作家。在我当时居住的环境里，从来没有人知道作家是干什么的。

我们家有很多小孩，爸爸怕认不出我们，每个礼拜都召集我们见面，然后他就会问，有一天问到我说："十二啊（名字很难记，都记号码），你长大以后要干什么？”我说：“当作家。”他问我：“作家是干什么的？”我说作家就是坐下来，字写一写寄出去，人家钱就会寄来。父亲听了很不开心，当场给我一巴掌：“傻孩子，这个世界上如果有那么好的事情，我自己就先去干了怎么轮得到你！”

那时候的大人都不相信，我会变成一个作家。可我的内心里面，一直希望可以不断地超越自己，不断地去追求，所以在我三十岁的时候，就在一家非常大的报社当总编辑，还在一个电视台主持节目，得遍台湾所有重要的文学奖。

成功应该给我带来更大的快乐跟更大的满足，但那时候我每天还很烦恼，工作很辛苦，我很头痛：到底什么才是最后安顿的地方呢？

有一天我在报馆里看到一本书，是印度哲学里非常重要的一本书，叫作《奥义书》。其中一页上面这样写着：“一个人到了三十岁要把全部的时间用来觉悟。”

我吓一跳，那一年我正好三十岁。再翻过去更恐怖，写着：“一个人到了三十岁，如果没有把全部的时间用来觉悟，就是一步一步走向死亡的道路。”那时候我觉得自己一点都没有觉悟，所以就开始觉悟，放弃了一切，走进佛教的世界，在山里面闭关三年才下山。后来我研究印度哲学才发现上当了。那个年代，印度人平均寿命只有三十九岁，所以三十岁已经是面临死亡了，可以觉悟了。

什么叫觉悟？觉就是学习来看见；悟左边是心，右边是吾，我的心叫作悟，所以觉悟就是学习来看见我的心。人生不断地往上追求，并不是说你追求一个特别的境界，而是向外追求那个更高的灵性，向内探索自己内在的思维，从探索你内在最深的部分来跟这个灵性相应，这才是真正的好的追求。

做一个人就好像一座金字塔一样，第一层是物质的、欲望的，第二层是文化的、文明的，第三层是精神的、灵性的、宗教的。当一个人具备了这三个层次以后，我们才可以说这是一个完整的人。这个就是超越的心，不断地去追求那个更高的灵性的境界。当你站在灵性的高境界，再看人生的挫折跟困顿，很简单就化解了。

有一天释迦牟尼佛给弟子讲课，他拿了一个钵，里面装满了水，把一个石头丢进这个钵里，水就满出来了。他说，生命里所碰到的烦恼跟困境，就像这个石头一样。有什么方法可以让水不满溢出来？那就是换一个更大的容器。如果你造了一艘很大的船，不管多少石头你都载得动，还可以载别人的石头，可以包容生命里所有负面的情境。这是欢喜心过生活的第一个方法，不断地保持超越的心，超越以后你的心就打开了。

承担的心

当然，心打开以后，每一天的生活还是会面临同样的问题，所以欢喜心过生活的第二个方法就是承担的心，承担的心就是活在眼前的心。

我讲禅宗，很多人认为好像很深奥，其实并没有那么深奥。禅左边是“表示”的“示”，右边是“单纯”的“单”，单纯的心就是禅。在生活里面，你的心单纯了就有禅；如果心混乱了，波动了，即使在佛堂里你也不能单纯。不波动的心就是定的心，定的心就是禅。什么人可以有单纯的心，什么人就活在了眼前的一刻。禅宗有很多的语言：活在当下、看脚下、活在眼前，都是活在眼前的这一刻。

什么叫作当下？当下是佛经里最小的时间单位。一个小时有六十分钟，一分钟有六十秒，一秒钟有六十个刹那，一个刹那有六十个当下，所以一秒钟有三千六百个当下，活在当下就是活在非常非常小的时间单位。如果你可以活在那个非常小的时间单位，你就可以每一刻都活得很饱满、很有力量。

禅宗里有一位祖师，有一天徒弟问他，说：“师父，你都怎样修行？”他说：“我吃饭的时候吃饭，睡觉的时候睡觉。”弟子说：“一般人不也是一样吗？”师父说：“一般人吃饭的时候百般需索，睡觉的时候千般计较，会想明天再去赚更多的钱，还有很多的会议要开，很多的工作要做，吃睡都不安稳。”

活在当下的一个非常简单的方法，就是吃饭的时候专心吃饭，睡觉的时候专心睡觉，喝茶的时候专心喝茶。你整个身心融入了那一刻，融入了那个当下使你可以承担。

我写过两句话：“快乐地活在当下，尽心即是完美。”要每一刻都尽量快乐，活在眼前这一刻；尽你的心，一切就已经完美了。为什么？因为未来绝对不会完美，这个世界绝对不会有一个完美的状态在等待着我们。

我曾经写过一个故事，有一个年轻人在二十岁的时候就发愿，要寻找世界上最完美的女人并娶她为妻，于是他开始旅行。寻找了六十年，这个老先生还没有结婚。有一天他碰到一群年轻人，年轻人问他，还没有找到过一个完美的女人吗？老先生哭着说，三十岁那一年找到过一个，但因为那个女人也在寻找世界上最完美的男人，当然他并不如她愿，因此错身而过。

这个世界上不会有完美的状况，如果你今天活得很好就很好，谈恋爱的时候专心地谈恋爱，失恋的时候就专心地失恋吧，这是活在当下。

我小时候，父亲在山上有一片林场，我们种的树叫桃花心木，树心是红的，是非常好的做家具的木材。树周围的土地需要呼吸，所以每天都要把树叶扫干净。我们每天四点钟就要起床扫树叶，然后去上学，很辛苦。父亲看我们扫得那么痛苦，就把我们叫去：“来来来，爸爸教你们一个简单的方法。扫树叶之前先把树摇一摇，把明天要掉下来的树叶先摇下来，两天扫一次就好。”这个方法真的很好，但我们摇到一半就发现，摇树比扫地还累，而且摇完了，地扫干净了，一阵风吹来，树叶又掉下来。哥哥下结论说，可能摇的力气不够，最好把这一星期的树叶都摇下来，这样七天扫一次就好了。摇到后来，摇死了好几棵树，但是非常奇怪的一件事情就是，即使你把树摇死，第二天的树叶也不会在今天落下来，所以只要把今天的树叶扫干净，人生就已经很完满了。

活在眼前的这一刻，因为你不知道第二刻会发生什么事情。佛教有一个非常重要的观念，叫作无常，无常随时都可能来到。如果每一刻都活得很好，未来肯定是好的。

转化的心

第三个方法叫作转化。“转”左边是车，右边是专心的专，有如专心地开车。年轻的时候车一定是加足油门往前冲，那你很快就完蛋了。碰到红灯的时候，你要停下来，该转弯的时候要转弯。转就是充满着弹性的生命。

人生有一半的生命是负面的情绪，什么样的人可以活得更开心呢？就是能不断把负面的情绪转化成正面的情绪的人。悲伤痛苦要很快地结束它或者减短它，增长你快乐、幸福的那一面。

有很多成语是讲禅宗的修行方法的，譬如说“逆来顺受”，一般解释是说不管碰到什么事情我都去承受它，禅宗里是说横逆来的时候，要用好的态度去承受它，这就是转化。另外一个是“笑里藏刀”，一般都解释成微笑的时候心里很阴险，其实禅宗一开始的意思是说，在微笑的时候也不失去你内心的敏锐。人一般在逆境的时候是比较敏感的，在顺境时比较迟钝。我们要改变过来，在顺境的时候也保持敏感，在逆境时使这个敏感降低，我们可以去转化它。

我的小孩子很喜欢读世界伟人传记，我问他：“你读伟人传记有什么心得？”

他说：“爸爸，我有两个很重要的心得，第一个，我觉得你快要伟大了！”

“为什么？”

他说：“根据我的统计，这个世界上的伟人有 99% 是秃头的，你很有希望变成伟人。”

“第二个心得呢？”

“根据我的统计，这个世界上的伟人，100%都遭受过比一般人更大的痛苦，所以他变得更伟大。”

为什么？因为这些伟人把痛苦变成他们生命的养料，转化了这种痛苦；转化得越多，他的心就越开阔，越有力量来承担更大的困境。

释迦牟尼佛说世界上有五种毒，叫作人间的五毒，就是贪、嗔、痴、慢、疑，即贪心、嗔恨、愚痴、傲慢、怀疑。“佛”字左边是“人”，右边是“不是”，不是人就是佛，为什么？他把人共通的负面习性——贪、嗔、痴、慢、疑，翻转成悲、智、行、愿、力，即慈悲、智慧、力行、愿望、力量——这样的人就是佛。这中间有一个非常关键的东西叫作“觉”，察觉到人间的五毒，察觉就是转化，把你的心转化过来。人生的负担是很重的，人心如果不转化，背着你的负面情绪前进，你的负担会越来越重。

爱是正面的情绪。你可以做个实验，回去把你的爱人或你的女朋友抱起来转一圈，你会发现虽然太太体重五十公斤，可是因为你很爱她，你会感到并没有那么重，这叫作举重若轻。美国人和欧洲人结婚的第一件事情，就是把新娘抱进洞房。我有时看了很紧张，因为新娘的体重是新郎的两倍，因为要考验他的爱，结果真的就抱进去了；这在结婚十年以后一定会摔下来，因为那个时候爱减轻了。同样去找一块五十公斤的石头，你会发现你抱不动，因为石头里面没有爱。所以正面的情绪对人生是非常重要的。

如果你不爱你的孩子，孩子就会变成你的负担；你不爱你身边的人，身边的人也会变成负担。所以要不断地转化，使你的正面情绪增加。方法就是不管多么忙碌，每天最少花八分钟坐下来观照自己的心，使自己今天所面临的困境跟烦恼都得到转化。我时常提醒自己“不存隔夜之气”，还有“常想一二”；

人生不如意事，十之八九，如果你常想那一两件开心的事情，你的人生负担就减轻了。

融入的心

第四个方法叫作合，合就是融入。首先是跟人相处，好的人际关系对你的人生很重要。很多人得了忧郁症，那是因为他在一开始的时候没有好的人际关系。

我生长在乡下，小时候非常害羞，很难表达自己的情感，所以常常训练自己要突破这种困境。我自己发明了一个咒语，像观世音菩萨的咒语“唵嘛呢呗咪吽 ”一样，叫作“大家都是人”。如果你要请一个很漂亮的女生吃饭，很害羞，你就心里默念“大家都是人”，这时你就不害怕了。英俊的也是人，丑的也是人，当克服了你的内在，你就可以往前跨一步，创造更好的人际关系。当然，你要懂得表达，懂得给予，懂得布施，你的人际关系慢慢就会好。

人生跟这个世界其实是共通的。如果你懂得观察这个世界，认识这个世界，跟这个世界合一，那你就会变成一个开阔的、有智慧的人。一个毫无训练的人春天走进公园，他看到的绿色只有一种；如果他受到过很好的训练，他可以看到十种以上的绿色；如果是一个了不起的艺术家，他可以看到一百种以上的绿色。更容易看到生命里的美好，这个叫作合。

当我们可以有超越的心、承担的心、转化的心、融入的心，跟这个世界处在一个非常好的状态的时候，我们的欢喜心就慢慢地形成，生活就很容易处在一个清净、柔软、平常的状态。

检点自己的宝盒

眼光随色尽，
耳识逐声消。
还源无别旨，
今日与明朝。

——越山师鼐禅师

有一位朋友失去了至亲的人，曾经有一段日子感到非常悲伤、哀痛，几乎失去生活的勇气，每次听到忧伤的歌就流泪，看到往昔的照片就悲不能抑，于是尽最大的可能不去碰触任何会使自己痛苦的事物，久而久之，整个人就像失去神志一样。

朋友谈起那段时间的心境时，神态平静，眼神里有超越的光。

“那么，你是怎么度过的呢？”

“有一天，我想到日子仍然要过下去，但是不能这样过下去，于是开始写日记，希望把自己的心情记录下来，例如什么使我悲伤？我所怀念的事物是什么？哀伤可以把我打击到什么程度？我把它一点一点拿出来看，然后写下来，本来混沌的心经过一段时间就逐渐澄明起来了。”

在记录自己身心的过程里，朋友逐渐看清了忧伤的本质。再过一段时间，他在日记里记下一些自己想做还没做的事，自己未了的心愿，那些对未来的观点竟如同在烂泥中突然长出的几棵翠绿的幼苗，他说：“真的好像看见在悲伤中的希望，是绿色的幼苗。”

经过了这样清明的观察与体验，他的心境得到转化，凡是遇到从前使自己悲伤的事物，本来很自然地就要转过头逃开，但是，他立刻站定，更仔细地去看那些事物。例如从前每次一听就要哭的歌，这时停下来仔细地听，一遍一遍，听到自己不哭为止，甚至去检视那哭与不哭的界线。

朋友说：“我知道要改变心境最好的方法不是去压抑或逃避它，而是去正视和检点，就好像我们有一个宝盒，里面装了许多混乱的东西，整理这个宝盒最好的方法，是把宝盒打开，一样一样拿出来检点，再装回去，摆好位置，然后把一些不好的、次要的、装不回去的东西舍弃掉。如果不经过检点，便把宝盒拿来观赏，那么，就会常常在不小心的时候，宝盒里的东西就掉出来了。”

听了朋友的话，我心里十分感动，我说：“你的这整个历程就是一种修行呀！”

因为，当我们说“修行”时，最简单的意思是“修正自己的行为”；行为乃是由心境造成的，因此检点自己的心正是修行的初步。正如《碧岩录》中所说：“但去静坐，向他句中点检看。”一个人一旦能清楚检点自己的心，这时虽然也有烦恼与波动，也不会失去其清明。

若能检点自心，即能不被外境所转动，就不至于被快乐或忧伤所染着了。这种看清，就是一种悟，就像清凉澄观禅师说的“迷则人随于法，法法万差而人不同；悟则法随于人，人人一智而融万境”，“唯忘怀虚朗，消息冲融。其犹透水月华，虚而可见；无心鉴象，照而常空也”。

在告辞朋友的时候，我想起一句禅师的用语，忍不住对朋友说：“从此，再也没有什么可以奈何得了你了！”

走出巷口，发现黛特台风正在大声呼号，狂风暴雨交织在夜空之中。我想到：这强大的风雨正如人生的风雨，终有清明之时，因为我们看清了风雨的背后有一个广大湛蓝的天空。我们的宝盒虽然零乱，只要一再地检点，总有理清的一天。

于是，我仰起头，看风雨之夜，让雨水交加，心里浮起空海大师的两句话：

> 不要制止风，愿将此身化为风。
>
> 不要制止雨，愿将此身化为雨。

生命真正的桂冠到底是什么呢？
答案在于，在命运的摆布之中，是否能重塑自己，在灰烬中重生。

真正的桂冠

有一位年轻的女孩写信给我，说她本来是美术系的学生，最喜欢的事是背着画具到阳光下写生，希望画下人世间一切美的事物。寒假的时候她到一家工厂去打工，却把右手压折了。从此，她不能背画具到户外写生，不能再画画，甚至也放弃了学校的课业，顿觉生命失去了意义。她痛苦得每天把自己关在房间里，对任何事情都带着一种悲哀的情绪，最后她向我提出一个问题：我怎么办?

“我怎么办？”

这个问题使我困惑了很久，不知如何回答，也使我想起法国的侏儒大画家罗德列克。罗德列克出身贵族，小的时候聪明伶俐，极得宠爱，可惜他在十四岁的时候不小心绊倒，折断了左腿。几个月后，母亲带着他散步，他跌落阴沟，把右腿也折断了，从此，他腰部以下的发育完全停止，成为侏儒。

罗德列克的遭遇对他本人也许是个不幸，对艺术却是个不幸中的大幸，罗德列克的艺术是在他折断双腿以后才开始诞生的。试问一下：如果罗德列克没有折断双腿，他是不是也会成为艺术史上的大画家呢？罗德列克说过：“我的双腿如果和常人那样的话，我也不画画了。”可以说是一个最好的回答。

从罗德列克遗留下来的作品中，我们可以看到，他对正在跳舞的女郎和奔跑中的马特别感兴趣，也留下许多佳作。这正来自他心理上的补偿作用，借着绘画，他把想跳舞和想骑马的美梦投射在艺术上面。因此，罗德列克倘若完好如常人，恐怕我们今天也看不到舞蹈和奔马的名作了。

每次翻看罗德列克的画册，总使我想起他的身世来。我想到：生命真正的桂冠到底是什么呢？是做一个正常的人而与草木同朽？或是在挫折之后，从灵魂的最深处出发而获得永恒的声名？这些问题没有单一的答案，答案在于，在命运的摆布之中，是否能重塑自己，在灰烬中重生。

希腊神话中有两个性格绝对不同的神，一个是理性的、智慧的、冷静的阿波罗，另一个是感性的、热烈的、冲动的狄俄尼索斯。他们似乎代表了生命中两种不同的气质，一种是热情浪漫，一种是冷静理智，两者在其中冲激而爆出闪亮的火光。

用社会的标准来看，我们都希望一个正常人能稳定、优雅、有自制力，希望每个人的性格和表现都像天使一样，可是这样的性格使大部分人都成为平凡的人，缺乏伟大的野心和强烈的情感。一旦这种阿波罗性格受到激荡、压迫、挫折，很可能就像火山爆发一样，在心底的狄俄尼索斯伸出头来，散发如倾盆大雨的狂野激情，艺术的原创力就在这种情况生发。生活与命运的不如意正如一块磨刀石，使澎湃的才华愈磨愈锋利。

史上伟大的思想家大部分是阿波罗性格，为我们留下了生命深远的刻绘；但是史上的艺术家则大部分是狄俄尼索斯性格，为我们烙下了生命激情的证记。也许艺术家们都不能见容于当世，但是他们留下来的作品却使他们戴上了永恒、真正的桂冠。

这种命运的线索有迹可循，有可以转折的余地。失去了双脚，还有两手；失去了右手，还有左手；失去了双目，还有清明的心灵；失去了生活凭借，还有美丽的梦想——只要生命不被消灭，一颗热烈的灵魂也就有可能在最阴暗的墙角燃出耀目的光芒。

生命的途程就是一个惊人的国度，没有人能完全没有苦楚地度过一生，倘若一遇苦楚就怯场，一遇挫折就同关斗室，那么，就永远不能将千水化为白练，永远不能合百音成为一歌，也就永远不能达到炉火纯青的境界。

如果你要戴真正的桂冠，就永远不能放弃人生的苦楚，这也许就是我对“我怎么办？”的一个回答吧！

活在苦中，活在乐里；活在盛放，也活在凋谢；活在烦恼，活在智慧；活在不安，也活在止息。

一心一境

小时候，我时常寄宿在外祖母家，有许多表兄弟姐妹，每次相约饭后要一起去玩，吃饭时就不能安心，总是胡乱地扒到嘴里咽下，心里尽想着玩乐。

这时，外祖母就会用她的拐杖敲我们的头说：“你们吃那么快，要去赴死吗？”

这句话令我一时呆住了，然后她就会慢条斯理地说：“吃那么紧，怎会知道一碗饭的滋味呀！”当时深记着外祖母的话，从此，吃饭便十分专心，总是好好吃了饭再出去玩。

从前不觉得这两句话有什么了不起的地方，长大以后，年岁日长愈感觉这两句寻常的话有至理在焉，这不正是禅宗祖师所说的“吃饭时吃饭，睡觉时睡觉”那种活在当下的精神吗?

“活在当下”看来是寻常言语，实际上是一种极为勇迈的精神，是把“过去”与“未来”做一截断，使心思处在一心一境的状态。一个人如果能每时每刻都处于一心一境，就没有什么困难能牵住他，也没有什么痛苦能动摇他了。

一心一境是治疗人生的波动、不安、痛苦、散乱最有效也最简易的方法，因为人的乐受与苦受虽是感觉真实，却是一种空相，若能安住于每一个当下，苦受就不那么苦，乐受也没有那么乐了。可惜的是，人往往是一心好几境（怀忧过去，恐慌未来），或一境生起好几种心（信念犹如江河，波动不止），久而久之，就被感受所欺瞒，不能超越了。

不能活在一心一境之中，那是由于世人往往重视结局，而不重视过程，很少人体验到一切的过程乃是与结局联结的。一个人如果不能在吃饭时品味米饭的香甜，又何以能深刻地品味人生呢？一个人若不能深入一碗饭，不知蓬莱米、在来米，甚至糯米的不同，又如何能在生命的苦乐中有更深切的认识？

因此吃饭、睡觉、喝茶，看来是人生小事，却能由一心一境在平凡中见出不凡，也就能以实践的态度契入生活，而得到自在。

曾经有人问一位禅师："什么是解脱痛苦最好的法门？"

禅师说："在痛苦时就承受痛苦，在该死的时候就坦然地死，这便是解脱痛苦最好的法门。"

痛苦或死亡是人人所不愿见到或遇到的，但若不能深刻品味痛苦，何尝能找到平安喜乐的滋味？若不能对死亡有所领会，又如何能珍惜活着的时候呢？

又有一位禅师问门人说："寒热来时往何处去？"

门人说："向无寒处去！"

禅师说："冷时冻死你，热时热死你！"

这世界并没有一个无寒暑的地方可以逃避生之恸，因此最好的方法是水里来、火里去，不避于寒热，寒热自然就无可奈何了！这也是一心一境。时人的苦恼就是寒热的时候怀念暑天，到了真正热的时节，又觉得能冷一些就好了。晴天的时候想着雨景之美，雨季来临时，又抱怨没有好的天色，因此，生命的真味就被蹉跎了。

一心一境是活在每一个眼前的时节，是承担正在遭受的变化不定的人生，那就像拿着铁锤吃核桃，核桃应声而裂。人生的核桃或有乏味之时，或有外面美好、内部朽坏的，但在每一个下锤的时节都能怀抱美好的期待。

当然，人的生命历程如果能像苏东坡所说的“无事以当贵，早寝以当富，安步以当车，晚食以当肉”，那是最好的情况，可惜在现代社会里几乎没有无事、早寝、安步、晚食的人了。因此学习如何以“一心一境”的态度生活，就变得益发可贵。

苏东坡在《东坡志林》里还说：“处贫贱易，耐富贵难；安劳苦易，安闲散难。忍痛易，忍痒难。人能安闲散，耐富贵，忍痒，真有道之士也。”这是苏东坡的至理名言，但我的看法有些不同，我觉得要处贫贱、安劳苦、忍痛苦都是一样难的，唯有一心一境的人，能贫富、劳闲、痛痒，皆一体观之，这才是真正的“有道”。

活在每一个过程，这是真正的解脱，也是真正的自在，“吃饭时吃饭，睡觉时睡觉”的禅语也可以说“痛苦时痛苦，快乐时快乐”。这使我想起元晓大师说的话，他说：“纵使尽一切努力，也无法阻止一朵花的凋谢，因此在花凋谢时就好好欣赏它的凋谢吧！”人生的最大意义不在于奔赴某一处目的，而是在于承担每个过程。

有一次在报纸上看到汽车广告说：“从零加速到一百公里每小时的速度，只要六秒钟！”这广告使我想起外祖母的话：“你驶那么紧，要去赴死呀！”

活在苦中，活在乐里；活在盛放，也活在凋谢；活在烦恼，活在智慧；活在不安，也活在止息。这是面对苦难的生命最好的方法。

只有今天能专注、努力的人，才能尝到生命中真实的甜蜜吧！

如果没有明天

不是风兮不是幡，
白云尽处是青山。
可怜无限英灵汉，
开眼堂堂入死关。

——华藏善净禅师

我到一个朋友家里，看见他书房的架子上摆着十几册精装的日记本，立时肃然起敬。我一向赞佩那些有毅力和恒心写日记的人，于是对朋友赞美说：

“没想到你写了十几年日记呀！”

他很害羞地笑着说：“这么多的日记本，没有一本写了超过七天的！”

“怎么会呢？”

朋友告诉我，他在少年时代读一些伟人传记，发现许多伟大人物都有写日记的习惯，他便在心里想：虽然不一定成为伟大人物，也要养成写日记的习惯。因此到书局去挑了一本印刷精美的日记写将起来。第一年只写了七天，就没有再往下写了。

原因呢?

朋友说:“说太忙,实在是一种借口。其实,是觉得生活这样单调、空洞、乏味,每天都在重复着,到底还有什么好写呢?从前不写日记,不知道生活如此单调,开始写日记时才发现了。”

第一年没有写成日记的朋友,内心非常懊悔,因而发誓第二年再买一本来写;第二年只写了五天,后来每况愈下。最近这几年,一到过年的时候,他就到书店去买一本精装的日记,摆在书架上聊表纪念。偶尔看起来,他便想到从前也曾是一个立志想要写日记的人。

跟朋友告辞出来,走在严冬寒冷的夜街上,我非常感慨:常觉得生活单调、空洞、乏味的恐怕不只是我的朋友吧!特别是生活在都市、忙碌旋转着的人。我们每天打开行程表,几乎都排得满满的,到东边转转,到西边转转,等到转回家时,通常筋疲力尽,没有深思的力气了。随着外在事物转动的人,如何能看到生活的不同呢?

其实,日子怎么会每天一样?我们今天比昨天成长一些,今天比昨天更接近死亡一步,今天比昨天多看了一天世界,怎么会一样?世界也是日日不同的,有时会有飞机撞山,有时会有坦克压人,有时地震灾变,有时冰雪凌人,甚至就在短短的几天里,有几个政府被推翻而改变了,日子怎么会一样呢?

感到日子没有变化,可能是来自生活的不能专注、不肯承担,因此就失去对今天,甚至当时当刻的把握了。可悲的是,不能专注把握此刻的人,也肯定是不能把握将来的。

有一次,我在市场买甘蔗,卖甘蔗的人看起来是充满智慧的人,他边削甘蔗边对我说:这个世界什么都可能发生,光说一个“死”好了。我这把年纪亲眼看见的就有很多大家觉得不可能的事。我看见过人笑死的,狂欢大笑,下一声笑不上来,就断气了;我也看过人哭死的,躺在地上哭,哭着哭着没有声音了,伸手去摸，心脏已经停止跳动了；我看过父亲开车碾死儿子的，也看过儿子用车撞死父亲的；我看过打麻将自摸死的，也看过打麻将被别人和了气死的……

老人说得起劲，旁边的人听得都笑了，他突然严肃地说："不要笑，人生的变化是莫测的，各位现在看我在这里削甘蔗，说说笑笑，说不定今天晚上我回家躺下来睡觉，明天就起不来了。"

人群里突然冒出一个声音："既然不知道明天能不能起来，今天又何必来卖甘蔗呢？"

"呀！少年家，你没有听过'一日不作，一日不食'吗？就是明知明天不能再活在这个世间，今天也要好好地削甘蔗。如果没有明天，难道我们就要躺着等死吗？"

这段话说得让人肃然起敬，只有今天能专注、努力、好好削甘蔗的人，才能尝到生命中真实的甜蜜吧！写日记也是如此，它是在训练、培养我们对此时此地的注视；若不这样深入地注视，日记只是语言的陈述，有什么意思呢？

有一位和尚去问赵州禅师：

"师父，什么是你最重要的一句格言？"

赵州说："我连半句格言也没有，不要说一句了。"

和尚又问："你不是在这里做方丈吗？"

赵州立刻说："是呀！做方丈的是我，不是格言。"

这使我们体会到：真正的生命风格，是对现今的专注，而不是去描述它。

有一位和尚去问百丈怀海禅师：

"师父，世界上最奇妙的事是什么？"

百丈说："那就是我独坐在大雄峰上。"

真的很奇妙，每个人都独坐在大雄峰上，只是很少人看见或体验这种奇妙。

"如果我在这世上没有明天"，这是禅者的用心，一个人唯有放下现在心、过去心、未来心，才会有真切的承担呀！

快乐地活在当下，让每一个当下有情有义、发光发热、如诗如歌！

常想一二

朋友买来纸笔砚台，请我题几个字，好让他挂在新居的客厅补壁。这使我感到有些为难，因为我自知字写得不好看，何况已经有很多年没练书法了。

朋友说：“怕什么？挂你的字我感到很光荣！我都不怕了，你怕什么？”我便在朋友面前展纸、磨墨，写了四个字：常想一二。

朋友说：“这是什么意思？”

我说：“意思是说，我字写得不好，你看到这幅字，请多多包涵，多想一二件我的好处，就原谅我了。”

看到我玩笑的态度，朋友说：“讲正经的，到底是什么意思？”

“俗语说：人生不如意事，十之八九。我们生命里面不如意的事占了绝大部分，因此，活着本身是痛苦的。但扣除八九成的不如意，至少还有一两成是如意的、快乐的、值得欣慰的事情。如果我们要过快乐人生，就要常想那一两成好事，这样就会感到庆幸，懂得珍惜，不致被八九成的不如意所打倒了。”

朋友听了，非常欢喜，抱着“常想一二”回家了。几个月之后，他来探视我，又来向我求字，说是：“每天在办公室里劳累受气，回家之后看见那幅‘常想一二’就很开心，但是墙壁太宽，字显得太小，你再写几个字吧！”

对于好朋友，我一向有求必应，于是为“常想一二”写了下联“不思八九”，上面又写了“如意”的横批，中间随手画了一幅写意的瓶花。

没想到过了几个月，我被许多离奇的传说与流言所困扰，朋友有一天打电话来，说他正坐在客厅我写的字前面，他说：“想不出什么话来安慰你，念你自己写的字给你听：常想一二，不思八九，事事如意。”

朋友的电话使我很感动，我常觉得在别人的喜庆里锦上添花容易，在别人的苦难里雪中送炭却很难得。那种比例，大约也是八九与一二之比。

不过，一个人到了四十岁，在生活中大概都锻炼出了宠辱不惊的本事，那是因为他们已经历过生命的痛苦与挫折，也经历了许多情感的相逢与离散，慢慢地寻索出了生命中积极、快乐、正向的观想。这种观想，正是“常想一二”的观想。

“常想一二”的观想，乃是在重重的乌云中寻觅一丝黎明的曙光；乃是在滚滚的红尘里开启一些宁静的消息；乃是在濒临窒息时浮出水面，有一次深长的呼吸。

生命已经够苦了，如果我们把几十年的不如意事综合起来，一定会使我们举步维艰。生活与感情陷入苦境，有时是无可奈何的，但是如果连思想和心情都陷入苦境，那就是自讨苦吃、苦上加苦了。

在波涛汹涌的海上航行，我早已学会面对苦境的方法。我总是想：从前万般的折磨我都能苦中作乐，眼下的些许苦难自然能“逆来顺受”了。

我从小喜欢阅读大人物的传记和回忆录，慢慢归纳出一个公式：凡是大人物都是受苦受难的，他们的生命几乎就是“人生不如意事，十之常八九”的真实证言，但他们在面对苦难时也都能保持正向的思考，能“常想一二”，最后他们超越苦难，苦难便化成生命中最肥沃的养料，这是为他们开启莲花所准备的。

使我深受感动的不是他们的苦难，因为苦难到处都有，使我感动的是，他们面对苦难时的坚持、乐观与勇气。

原来如意或不如意，并不是决定于人生的际遇，而是取决于思想的瞬间。原来，决定生命品质的不是八九，而是一二。

原来，苦难对陷于其中的人是以数量计算，对超越的人却变成质量。数量会累积，质量会活化。

既然生命的苦乐都只是过程，我们何必放弃自我的思想去迎合每一个过程呢?

所以，静下心来想到从前的时候，要常常想那些美好的时光，追忆那些鎏金的岁月与花样的年华，以抚平我们内心的忧伤。

静下心来想到未来的时候，要常常思及未来的美丽梦想，在彼岸、在黄金铺地的国度，到处都有美丽的花朵与动人的乐章；在走向净土的路上，有诸菩萨与上善人相伴相扶持，以安慰我们在俗世的苦痛。

在不思及过去与未来的时候，就快乐地活在当下，让每一个当下有情有义、发光发热、如诗如歌!

我常常在想：达摩祖师渡江的“一苇”，不是芦苇，不是小舟，也不是什么神通，而是一个思想的象征。象征在人生的险海波涛中若能“用美思维”，“以好静心”，纵使只有一苇，也能无畏地航行了。

记忆的版图经过洗涤、美化，像雨雾中的玫瑰，美丽无方。

记忆的版图

一位长辈到大陆探亲回来，说到他在家乡遇到兄弟，相对地坐了半天还不敢相认，因为已经一丝一毫都认不出来了。

在他的记忆里，哥哥弟弟都还是剃着光头、蹲在庭前玩泥巴的样子。这是他离开家乡时的影像，经过四十年还清晰得一如昨日。经过时间空间的阻隔，记忆如新，反而真实的人物是那样陌生，找不到与记忆一丝重叠之处。

更使他惊诧的是，他住过的三合院完全不见了，家前的路不见了，甚至家后面的山也铲平了、家前的海也已退到了远方。

他说："我哥哥指着我们站立的地方，说那是我们从前的家，我环顾四周，竟流下泪来。如果不是有亲人告诉我，只有我自己站在那里的话，完全认不出来那是我从童年到少年，住过十七年的地方。"

这使他迷茫了，从前的记忆是真实的，眼前的现实也是真实的，但在时间空间中流过时，两者却都模糊了，成为两个丝毫不相连的梦境。在此地时，回观彼处是梦；在彼地时，思及此处也是梦了。到最后，反而是记忆中的版图最真实，虽然记忆中的情景已然彻底消失了。

这位长辈回来后怅惘了很久，认为是"四十年来家国，三千里地山河"的缘故，才让他难以跳接起记忆中沦落的事物。其实不然，有时不必走得太远，不必经过太久的时光，我们也可以感受到这种怅惘。

我有一个朋友，他每次坐在台北松江路六福客栈的咖啡厅时，总会指着咖啡厅的地板，说："你们相不相信，这一块是我小时候卧室的所在，我就睡在这个地方。打开窗户就是稻田，白天可以听到蝉声，夜里可以听到青蛙唱歌，这想起来就像是梦一样了。"那梦还不太远，但时空转换，梦却碎得很快。

记忆的版图在我们的心中是真实的，它就如同照相机拍下的静照：这里有我走过的一条路，爬过的一座山；那里有我游过泳、捞过虾的河流，还有我年幼天真的值得缅怀的身影。这版图一经确定，有如照相纸在定影液中定影，再也无法改变。于是，当我们越过时空，发现版图改变了，心就仿佛受到伤害，甚至对时间空间都感到遗憾与酸楚了。

两相对照之下，我们往往否定了现在的真实。因为记忆的版图经过洗涤、美化，像雨雾中的玫瑰，美丽无方丑陋的现实世界如何可以比拟呢?

其实，记忆中的事物原来可能不是那么美好的，当时比现在流离、颠沛、贫困，甚至面临着逃难的骨肉离散的苦厄，但由于距离，如今觉得也可以承受了。现在的真实也不一定丑陋，只是改变了，而我们竟无法承担这种改变。

最近我和朋友在黄昏时走过大汉溪畔，他感慨地说："我从前时常陪伴母亲到溪畔洗衣，那时的大汉溪还清澈见底，鱼虾满布，现在却变成这样子，真是不可想象的。到现在我还时常恍惚听见母亲捣衣的声音。"朋友言下之意，是当年在大汉溪畔的岁月，包括溪水、远山、母亲的身影、捣衣的杵声，都是非常美丽的。其中有一个最重要的原因，就是他已失去了母亲，没有母亲的大汉溪失去了昔日之美。

我对朋友说："其实，你抬起头来，暂时隐藏你的记忆，你会看见大汉溪还是非常美的。夕阳、彩霞、水草、卵石、鸭群，还有偶尔飞来的白鹭鸶，无一不美。”

朋友听了沉默不语。我问说：“如果你的母亲还在，你希望她继续来溪边捣衣，还是在家里用洗衣机洗衣服？”

朋友笑了。

是的，记忆是记忆，现实是现实，以记忆来判断现实，或以现实来观察记忆，都容易令我们陷入无谓的感伤。

如何才能打破我们心中记忆与现实间的那条界线呢？在我们这一代或上一代的，所谓记忆版图最优美的一段，是农业时代那种舒缓、简单、平静、纯朴和依靠劳力的田园；而我们下一代的记忆版图和当下的现实却是急促、复杂、转动、花哨和依靠机械科学生活的城乡。如果我们是现代人，就会否定昔日生活的意义；如果我们是怀旧的人，就会否认现代生活之美。这必然使我们的成长变为对立、二元、矛盾、抗争的线。

其实，不一定要如此决然。我想起日本近代的禅学大师铃木大拙，有一次一位沉醉于东方禅学的瑞士籍教授千里迢迢来拜望他，这位瑞士教授提出自己对东方、西方分别的见解，他说：“使人走向幸福之路的方法有二，一是改变外在的环境，例如热得不堪时，西方人用冷气降低温度；另一方法是改变内部的自己，例如热得不堪时，禅者灭去心头火而得到清凉。前者是西方发达的科学、技术的方法，后者是东方，尤其是禅所代表的主体的方法。”

这位教授说得真好，并以之就教于铃木大拙。铃木的回答更好，他说，禅并非与科学对立的主观精神，发明冷气机的自觉中就有禅的存在，禅不只是东方过去文化的财产，而是在现代里生存着、活动着、自觉着的东西，此所以禅不违背科学，而是合乎科学、包容科学、超越科学的。制造更多、更普遍的冷气机，使人人清凉的科学行为中就有禅的存在。

从这个故事里，我们知道主张空明的禅并非虚无，而涵容了时空变迁中一切现实的景况。在两千多年前，禅心固已存在，推到更远的时空中，禅心何尝不在呢？纵使在科技最前卫的时代，一切为人类生活前景而创造的行为中，禅又何尝不在呢？如果要把禅心从科技、方法中抽离出来独存，禅又如何活生生地来救济这个时代的心灵呢？所以说，在燠热难忍的暑天，汗流满地地坐禅固然表现了禅者清凉的风格，若能在凉爽的空气调节屋内坐禅，又何尝不能得到开悟的经验呢？

禅心里没有断灭相，在真实的生活中、实际人生的历程中也没有断灭。记忆，乃是从前的现实；现在，则是未来的记忆。一个人若未能以自然的观点来看记忆的推移、版图的改变，就无法坦然无碍面对当下的生活。

我们在生命中所经历的一切，无非都是一些形式的展现。过去我们面对的形式与目前所面对的形式容有差异，但我们真实的自我并未改变。科技时代在冷气房中办公室的中年之我，与农耕时代在农田中播种耕耘的少年的我，还是同一个我。

学禅的人有参公案的方法，参公案是在开发禅者的悟，使其契入禅心。我觉得参禅最简易的方法，就是把自己当成公案。一个人若能把自己的矛盾彻底地统一起来，使其和谐、单纯、柔软、清明，使自己的言行一致，有纯一的绝对性，必然会有开悟的时机。人的矛盾来自于身、口、意的无法纯一，尤其是意念，在时空的变迁与形式的幻化里，我们的意念纷纭，过去的忧伤喜乐早已不在，我们却因记忆的版图仍随之忧伤喜乐。我们时常堕落于形式中，无法使自己成为自己，就找不到自由的入口了。

我喜欢一则《景德传灯录》里的公案：

有一位修行僧去问玄沙师备禅师："我是新来的人，什么都不知道，请开示悟入之道。"

禅师沉默地谛听了一阵，反问："你能听到河水的声音吗？"

"能听到。"

"那就是你的入处，从那里进入吧！"

在《碧岩录》里也有一则相似的公案：

窗外下着雨的时候，镜清禅师问他的弟子："门外是什么声音？"

"是雨的声音。"弟子回答说。

禅师说："太可悯了，众生心绪不宁，迷失了自己，只追求外面的东西。"

河水的声音、雨的声音、风的声音，乃至鸟啼花开的声音，天天都充盈着我们的耳朵，但很少有人能从声音中回到自我，认识到我才是听的主体——返回了自我，一切的听才有意义呀！这天天迷执于听觉的我，究竟是何人呀？

《碧岩录》中还有一则故事，说古代有十六个求道者，一心致力求道都未能开悟。有一天去沐浴时，由于感觉到皮肤触水的快感，十六个人一起突悟了本来面目。每次洗澡时想到这个故事，就觉得非凡的动人。悟的入处不在别地，在我们的眼睛、耳朵、意念、触觉的出入里，悟是经常存在着的！

我们的记忆正如一条流动的大河，我们往往记住了大河流经的历程、河边的树、河上的石头、河畔的垂柳与鲜花，却常常忘记大河本身。事实上，在记忆的版图重叠之处，有一些不变的事物，那就是一步一步踏实地经过种种历练的自我。

在混沌未分的地方，我们或者可以溯源而上，超越记忆的版图，找到一个纯一的、全新的自己！

写在水上的字

生命的历程就像是写在水上的字，顺流而下，想回头寻找的时候总是失去了痕迹，因为在水上写字，无论多么的费力，那水都不能永恒，甚至是不能成形的。

因此，如果我们企图停驻在过去的快乐，那真是自寻烦恼，而我们不时从记忆中想起苦难，反而使苦难加倍。生命历程中的快乐或痛苦，欢欣或悲叹都只是写在水上的字，一定会在时光里流走。

就像无常的存在是没有实体的，实体的感受只是因缘的聚合，如同水与字一般。

身如流水，日夜不停流去，使人在闪灭中老去；

心也如流水，没有片刻静止，使人在散乱中活着。

身心俱幻正如流水上写字，第二笔未写，第一笔就流到远方。

爱，也是在流水上写字。当我们说爱的时候，爱之念已流到远处。美丽的爱是写在水上的诗，平凡的爱是写在水上的公文，爱的誓言是流水上偶尔飘过的枯叶，落下时，总是无声地流走。

身心无不迁灭，爱欲岂有长驻之理?

既然生活在水上，且让我们顺着水的因缘自然地流下去。看见花开，知道是花的因缘具足了，花朵才得以绽放；看见落叶，知道是落叶的因缘具足了，树叶才会掉下来。在一群陌生人之间，我们总是会遇到那些有缘的人，等到缘尽了，我们就会如梦一样忘记他的名字与脸孔；他也如写在水上的一个字，在因缘中散灭了。

我们生活着，为什么会感觉到恐惧、惊怖、忧伤与苦恼？那是由于我们只注视写下的字句，却忘记字是写在一条源源不断的水上。水上的草木一一排列，它们互相并不顾望，只是顺势流去。人的痛苦是前面的浮草思念着后面的浮木，后面的水泡又想看看前面的浮沤。只要我们认清字是写在水上，就能够心无挂碍，无有恐怖，远离颠倒的梦想。

不能认清生命的历程是写在水上的字的人，是以迷心来看世界。如此，世界就会变成一张网，挑起一个网目，人就被罩在千百个网目的痛苦中。

认清了万法如水，万事万物是因缘偶然的聚合，这是以慧心来观世界，世界就与自己的身心同时清净，人便能冲破因缘之网而步上菩提之道。

在汹涌的波涛与急速的漩涡中顺流而下的人，是不是偶尔抬起头来，发现自己原是水上的一个字呢？

这种发现，是觉悟的开始，是菩提的芽尖。

与转动的世界处在一种和谐的状态，
活得自在、积极、愉悦、明朗，同时不失去为理想奋斗的勇气。

转　动

有一句俗语说："滚动的石头不生苔。"意思是当一个人时常变化自己，那么他就可以时常保持光润的面貌。

但是，滚动的石头不生苔，是不是意味着静止的石头或生苔的石头是不好的呢？其实，光润之石固然好，生苔的石头也没有什么坏。再进一步说，滚动的石头是自愿的滚动呢？还是被别人所滚动呢？如果是自愿滚动追求光润，光润就是好的；如果是想要生苔却被别人滚成光润，光润就是一件坏事了。

这真是一个大问题，每个人在童年或青年时代，都认为要自己转动，甚至来转动这个世界。但是到了中年以后就会发现，原来没有什么事情是可以由自己转动的，我们只是被外在的世界所转动的一块石头罢了。于是大部分的中年人都失去了生苔的生命力，而有一种表面上看起来光润，事实上是世故的圆滑。

转动世界，或者只是小小的转动自己，都是何其不易！

当然，世界转动我们，就容易得多了。

大部分人都会在这种转动里落进一个无可奈何的境况：发现自己并没有转

动世界的力量，却又不甘心落入完全被转动的地步。所以，就一直保持着继续奋斗的精神，流血流汗，耗费了大部分的青春。偏偏最后的结局还是世界在转动着，我们只是这转动中的一块石头，甚至一粒微尘！

可悲的不在于时空的辽远与世界的宽阔，而是我们的渺小与幽微。

不错，世界是不可转动的，或者说转动世界是艰难的。那么现代人如何在认清这种实相之后，还能活得自在、积极、愉悦、明朗，同时不失去为理想奋斗的勇气呢？答案就是，与转动的世界处在一种和谐的状态，并能冷静观照到自己的流转，使自己的心性独立于世界，有着独特的精神。

听起来似乎有些晦涩，其实不难明白，就是我们虽然不免在物质上必须活在现实世界，我们也会在现实世界中一天天地老化，但是在精神上我们能超拔出来，以更高的观点看人生，而在心灵的深处不随年纪老去，保持着对世界新鲜而有希望的心情。

这就是“至道无难，唯嫌拣择；但莫憎爱，洞然明白”的精神——接受现实世界苦乐的转动吧！不要去分别、去爱憎，只要心里明明白白，就能容易地走向无上智慧的道路。

我们很容易能观察到，这世界上的儿童与青年，每一个都有不同的面目，他们通常能断然拒绝物欲的魅惑，追求理想的标杆。可是，这世界的中年人，往往丧失理想的标杆，趋入物欲的泥沼，这就是随外在世界完全转动的结果。这个世界的中年人，不论男女，都有着相似的面貌与表情，那是由于世界不但转动他的现实，也转动了他的青春与心性，甚至转动了他为理想奋斗的热情。

理解世界的转动是不可抗拒的，也理解着与这转动和谐，同时知道有一个如如不动的本体，知觉有不可动转之处，这是在转动的世界里能自在明朗的一种锻炼。

譬如，下雨的时候，出门别忘了带伞，但保有春日晴好的心情；

譬如，处在黑暗的境况犹如进入戏院，能在黑暗中等待，以便灿烂的电影开演；

譬如，成功的时刻不要迷恋掌声，因为最好的跑者都是不顾掌声，才跑在掌声之前；

譬如，在拥挤吵闹的公交车上与人推挤，也能安下心来期待目的地，因为有一个目的地，其他的吵闹、挤迫，乃至于偶尔被冲撞，又有什么要紧呢？

转动者与被转动者，是我们所眼见的世界，或是我们不可见的自我呢？

让开心成为一种习惯

心随境转是凡夫，

境随心转是圣贤。

——圣严法师

已看惯了太阳的东升西落、月亮的阴晴圆缺，习惯了春夏秋冬的冷暖、世间万物的改变，却很难看淡人间的悲欢离合、情仇恩怨，更难将伤心难过看得风轻云淡。经过了很多年的改变以后，将开心当成了一种习惯，于是我发现我的开心感染了很多人。人们问我为什么的时候，我只说：开心是一种习惯！

以前常常讨厌世人那些所谓的好心忠告，因为明明知道没有几个人能做得到，事事喜欢去斤斤计较，到头来伤心难过的只是自己。常常听不习惯朋友的花言巧语，看不习惯朋友的惺惺假意，突然恨透了这个世界，感觉到处都是虚伪的面孔。

也许是因为经历的太多，也许是因为个人在没有办法改变这个社会的情况下只能顺应这个社会，于是喜欢上西门子公司的一句企业文化——“请愉快地工作”，并改成了“请开心地生活”。的确，开心与不开心，都要过一天二十四个小时，何不开心地度过每一天呢？

当然，没有哪个人在面对伤心和难过的时候还可以傻笑，但是，你却可以在最短的时间内去调整自己的心态。要知道伤心不是解决问题的最好办法。于是，我将那句话刻在了心里："请开心地生活。"这样时时刻刻提醒自己，我应该开心地过每一天，因为我像所有人一样，希望自己能过得好一点，虽然不能从物质上满足自己，但是要学会弥补自己心灵上的空虚。

人的一生，总有学不完的知识，总有领悟不透的真理，总有一些有意或者无意的烦心事闯到心里来。总之，生之梦，顺少逆多，一辈子不容易，千万不要总是跟别人过不去，更不要跟自己过不去。书上云：看别人不顺眼是自己的修养不够。想一下也是，因为每个人的出身背景、受教育程度、受社会影响都是不一样的，在你看不惯别人的同时，是否别人也看不惯你呢？所以要开心地去面对每一个人，学会看朋友身上的优点，学习朋友身上的优点；朋友的缺点正是你最好的反面教材，如果你也有这样的缺点请及时改善，不正是你所期望的吗？

开心不仅仅是心里的感觉，而是因为你有了开心的感觉，于是别人可以从你的脸上读到微笑，读到开心。如果你在生活中比较细心的话，你就会知道世间最美丽的表情就是微笑。如果你想天天拥有世间最美丽的表情，那么请把开心当成一种习惯吧！

第三辑

心若香茗，静听花开

如果可以在生活中多留一些自己给自己，
不要千丝万缕地被别人牵动，
在觉性明朗的那一刻，
或也能看见般若之花的开放。

猫空半日

坐在茶农张铭财家的祖厅兼客厅兼烘焙茶叶的茶坊里，我们喝着上好的铁观音，听着外面狂乱的风雨，黄昏蒙蒙，真让人感觉这一天像梦一样。

我们坐的这个临着悬崖的地方，有一个非常奇特的名字——“猫空”，从门口望出去，站在家屋前那棵巨大的樟树，据说已有一百多年的历史了。

左边有两株长得极像莲雾的树，名字叫“香果树”，香果在风雨中落了一地。风雨虽大，并且阵阵扑进窗隙，但房中的茶香比风雨更盛，那是昨夜烘焙好的一笼铁观音在炉子上冒着热气，铁观音特殊的沉厚之香，浓浓地从炉子上流出来。

“猫空，真是奇怪的名字！”我说。

张铭财听了笑着说：“我也觉得怪，但如果你用闽南语发音就不怪了，‘空’就是‘洞’，这是猫洞。为什么叫猫洞呢？因为三面屏障，中留下一个小通口，让猫进出，所以叫猫洞。你看外面风雨这样大，其实不用担心，吹不进猫洞的。”

“怎么确定吹不进来呢？”

“因为，我们家在这里，从我祖父开始，已经住了快一百年了。”张铭财得意地说，“我家的地理是很棒的，从风水上说，我家的地方是美人座，对面的指南山背是铜镜台，这在风水上叫‘美人对镜’。”

我们顺他的眼光望去，正看到指南山的翠绿向两边开展出去，中间隔着一条幽深的谷口。

张铭财是在猫空这间老厝出生的，他说他从四岁就开始到茶园去采茶了，和茶结下不解之缘。如今他家墙上挂着满满的赛茶得来的奖状，是他三十多年努力的成绩。

我们翻开茶叶的历史，找到“铁观音”的条目，上面这样写着：

> 相传“铁观音茶”名称之由来，系清乾隆年间，福建安溪魏荫氏在一观音寺的山岩发现一棵茶树，认为是观音菩萨所赐，几经移植繁殖，由于叶片厚重制成的茶叶色泽如铁，而称之为“铁观音”。清光绪二十二年（一八九六年）张迺妙、张迺乾兄弟由安溪携铁观音茶苗十二株在木栅樟湖（今指南里一带）种植，逐渐培植迄今。当地茶园面积达七十公顷，是全台正宗铁观音茶产地。

张铭财正是张迺妙、张迺乾兄弟的后人，而在这一个山谷里，种铁观音维生的也都是姓张的。屈指一算，有百余年的历史。张铭财家最早的祖厅现在还屹立着，红瓦砖墙，十分优美，他说那是来自福建安溪的人亲手盖成的。

正言谈间，我们看外面的风势渐渐大起来，黄昏渐渐深了，想起立告辞，张铭财却说：“再坐一下嘛，山里没有什么好东西招待你们，只有这茶。这茶是我妈妈一叶一叶摘的，是我炒的，我太太泡的，你们不喝光就走，真是太可惜了。”

我们只好把风雨暂时在心底封藏，用心地品起铁观音的滋味。这铁观音真是与我平常所喝的茶大有不同，可能是刚烘焙出来，也可能是主人的热情，使我们不仅喝出了那深厚的香醇，也品到了山香云气；再加上张太太冲茶的方法十分独特，这铁观音的香气直冲云霄，把我日常喜爱的冻顶与武夷远远抛在后面了。

在厚实的饭桌上喝茶，使我思及今天奇特的缘分。昨夜新闻刚发布了佩姬台风将在今天登陆的警报，清晨，一位疯狂的朋友打电话来说："到山里去喝茶，看风雨吧？"

"下午有台风呀！"

"台风晚上八点才登陆，紧张什么？"

什么山呢？

朋友说，在木栅指南山有一个开放的茶园，卅农会在山上盖了一栋木造的现代建筑，临着高高的窗口，可以看到整个绿茸茸的山谷。并且，那里有着上好的铁观音与包种茶，保证不虚此行。

我们便沿着指南路开始往山上开去。一入山，才发现这一整片山除了林木，就是茶园，茶园虽然没有什么变化，但只要想到它的芳香，那每一片茶叶都美丽了起来。走过了樟山寺，佩姬的裙摆便开始浪漫地摇摆起来了。

一路上走走停停，绕过瓦厝、樟湖，时常有动人的视野出现，尤其是到了樟湖的坳口附近，同时有三条彩虹出现：天上一道，山谷里也有两弯。在糅合着雨丝与阳光的午后，有一种出尘之美。朋友说："看到这三条彩虹，穿越再大的风雨也值得了吧？"

等我们到达了传闻中美丽的建筑，才知道这栋外表全以红砖建造，内部由木头构成的楼房名称是"台北市铁观音包种茶展示中心"，名字虽然俗气，内部倒是十分雅致。它背山面谷，一望无际。我想，在这样的地方喝茶，不管什么茶都会好上三分。

可惜福缘不够，这茶展示中心已经打烊了，我们虽然一再拜托，但中心的人因为要赶着下山，便不能招待我们了。这时走过来一位年轻帅气的青年，热情地说：“你们要喝茶，请到我们家来吧！”

这位青年就是眼前的张铭财。

他把我们带回家的时候，他的母亲和妻子并不感到意外，那是因为他时常带人到家里喝茶。他家的前庭还置了一套露天饮茶的石桌椅，可惜风雨太大，使我们不能在户外喝茶。

张铭财对他自己所种的茶叶有十足的信心。他说自己在茶树间长大，由于住在深山之中，对物质早已没什么欲望，他最大的理想是研究茶的品种与技术，希望能种出更好的茶来。

“做出更好的茶，实在是一个茶农小小的心愿呀！”他看着窗外，谈起了他回到茶乡的一些心情。

张铭财退伍的时候很有可能在平地发展，但最后他选择回到家乡。那时他找到一位贤淑的妻子，她为了鼓励他继续在茶方面发展，同意随他搬到山上，才使他更安心地在山上种茶。他现在是木栅观光茶园的示范户，平时又在茶展示中心上班，生活过得非常惬意。

张太太说，刚住到山上来有些不习惯，日子久了，习于山上平静的生活，也懒得下山了。他们有两个小孩，都很活泼可爱，这样的风雨天还在屋前的茶园玩耍。我想着：这会不会又是铁观音的新一代呢?

天色已暗，我们才不舍地告辞出来。张铭财的母亲赶紧跑进屋内，提了一袋早上才从竹笋田挖来的竹笋，说：“山里没有什么招待你们，带点竹笋回去吧！”情不容辞，我摸摸竹笋，感觉到一种山上人家特有的温暖——这才是人的真实，只是我们久为红尘所扰，失去了这种真实吧!

回到家里，打开随手在茶展示中心拿的简介，上面有两段描述茶的味道的句子，很有意思：

> 铁观音茶：形状半球紧结，冲泡之茶汤水色蜜绿澄清，香醇有独特之喉韵。
>
> 包种茶：形状条索整齐，冲泡之茶汤水色蜜黄澄清，甘怡有清雅之花香味。

有时候，我们喝一壶茶，知道某种联想、某种韵律是从生活的温暖与真实中泡出来的，那么不仅是茶，连人情世界都是蜜绿澄清、香醇甘怡而有独特的韵味了。

有时候，我们喝的一壶茶，是从生活的温暖与真实中泡出来的。

小千世界

安迪台风来访时，我正在朋友的书斋闲谈。狂乱喧嚣的风雨声不时透窗而来，一盏细小的灯花烛火在风中微明微灭，但是屋外的风雨愈大，我愈感觉到朋友书房的幽静，以及微透出书的香气。

我常想，在茫茫的大千世界里，每一个人都应该保有一个自己的小千世界，这小千世界是可以思考、神游、欢娱、忧伤，甚至忏悔的地方，应该完全不受到干扰，如此，作为独立的人才有意义。因为有了小千世界，当大千世界风雨如晦、鸡鸣不已之际，我们可以用清明的心灵来观照；当举世狂欢、众乐成城之时，我们能够超然地自省；当在外界受到挫折时，回到这个心灵的城堡，我们就可以在里面得到安慰，等心灵的伤口复原，然后做一次比以前更好的出发。

这个“小千世界”最好的地方无疑是书房，因为大部分人的书房里都收藏了无数伟大的心灵，这些心灵随时能来和我们会面。我们分享了那些光耀的创造，而我们的秘密还得以独享。我认为每个人居住过的地方都能表现他的性格，尤其是书房，因为书房是一个人最私密的地点，也是一个人灵魂的写照。

我每天大概总有数小时在书房里，有时读书写作，大部分的时间是什么也不做，一个人静静地让想象力飞奔。有时想想一首背诵过的诗，有时回到童年家前的小河流，有时品味着一位朋友自远地带来给我的一瓶好酒，有时透过纱窗望着遥远的点点星光想自己的前生……几乎到了无所不想的地步、那种感应仿佛在梦中一样。

有一次，我坐在书桌前，看到书房的字纸篓已经满了出来，有许多是我写坏了的稿纸，有的是我已经使用过的笔记，全被揉皱丢在字纸篓里，而到后来我已经完全忘记了内容。我要去倒字纸篓的时候灵机一动，把那些已经舍弃的纸一张张拿起来，铺平放在桌上，然后我便看见了自己一段生活的重现，有的甚至还记载着我心里最深处的一些秘密，自己看了都要脸红的一些想法。

后来我体会到“敬惜字纸”的好处，丢掉了字纸篓，也改正了从前乱丢字纸的习惯。书房的字纸篓都藏有这么大的玄机，缘着书架而上的世界，可见有多么的海阔天空了。

安迪台风来访那一夜，我在朋友家聊天到深夜才回到家里，没想到我的书房里竟进了水。那些还夹着残破树叶的污水足足有半尺高，书架最下层的书在一夜之间全部泡汤。一看到抢救不及，我心里紧紧地冒上来一阵纠结的刺痛，马上想到一位长辈：远在加州的许芥昱教授。他的居处淹水，妻儿全跑出了屋外，他为了抢救地下室的书籍资料，迟迟不出。直到儿子在大门口一再催促，他才从屋里走来。就在这时，他连人带房子及刚抢救的书籍资料一起被冲下山去，尸体发现在数十英里外的郊野。

许芥昱生前好友甚多，我在美国旅游的时候，听到郑愁予、邓清茂、白先勇、于崇信、金恒炜都谈过他死的情形，大家言下都不免有些怅然。一位名震国际的汉学家，诗书满腹，却为了抢救地下室的书籍资料而客死异域，的确叫人长叹；但是我后来一想，假如许芥公逃出了屋外，眼见自己数十年心血、自己最钟爱的书房被洪水冲走，那么他的心情又是何等的哀伤呢？这样想时也就稍微能够释然。

我看到书房遭水淹的心情是十分哀伤的，因为在书架的最底层，是我少年时期阅读的一批书，它们虽然随着岁月褪色了，大部分我也阅读得熟烂了，然而它们曾经伴随我度过年少的时光，有许多书一直到今天还深深地影响着我。不管我搬家到哪里，总是带着这批少年时代的书，不忍丢弃，闲时翻阅也颇能使我追想到过去那一段意气风发的日子，对现在的我仍存在着激励自省的作用。

这些被水淹的书中，最早的一本是一九五八年大众书局出版、吕津惠翻译的《少年维特的烦恼》，是我的大姊花五元钱买的，一个个看下来，如今传在我的手中。我是在初中一年级读这本书的。

随手拾起一些湿淋淋的书，有史怀哲的《非洲杂记》、安德烈·纪德的《刚果之行》、阿德勒的《自卑与生活》、叔本华的《爱与生的苦恼》、田纳西·威廉斯的《甜蜜的青春鸟》、赫胥黎的《瞬息的烛火》、塞林格的《麦田里的守望者》、梅里克和普希金的小说，以及艾斯本的遗稿，总共竟有五百余册的损失。

对一个爱书的人，书的受损就像农人的田地被水淹没一样，那种心情不仅是物质的损失，而是岁月与心情的伤痕。我蹲在书房里看劫后的书，突然想起年少时展读这些书册的情景——书原来也是有情的，我们可以随时在书店里购回同样内容的新书，但书的心情是永远也买不回来了。

“小千世界”是每个人“小小的大千”，种种的记录好像在心里烙下了血的刺青，是风雨也不能磨灭的；但是在风雨里把钟爱的书籍抛弃，我竟也有了黛玉葬花的心情。一朵花和一本书一样，它们有自己的心，只是作为俗人的我们，有时候不能体会罢了。

在茫茫的大千世界里，每一个人都应该保有一个自己的小千世界，
这小千世界是可以思考、神游、欢娱、忧伤，甚至忏悔的地方。

光之四书

光之色

当塞尚把苹果画成蓝色以后，大家对颜色突然开始有了奇异的视野，更不要说马蒂斯蓝色的向日葵、毕加索鲜红色的人体、夏加尔绿色的脸了。

艺术家们都在追求绝对的真实，其实这种绝对往往不是一种常态。

我是真正见过蓝色苹果的人。有一次去参加朋友的舞会，舞会不免有些水果点心，我发现就在我坐的位子旁边，有一个摆设得很精美的果盘，中间有几只梨山产的青苹果，苹果之上一个色纸包扎的蓝灯，一束光正好打在苹果上，那苹果的蓝色正是塞尚画布上的色泽。那种感动竟使我微微地颤抖起来，想到诗人里尔克曾称赞塞尚的画："是法国式的雅致与德国式的热情之平衡。"

设若有一个人，他从来没有见过苹果，那一刻，我指着那苹果说："苹果是蓝色的。"他必然相信不疑。

然后，灯光变了。是一支快速度的舞，七彩的光在屋内旋转，打在果盘上，所有的水果顿时成为七彩的流动斑点。我抬头，看到舞会男女，每个人脸上的肤色隐去，都是霓虹灯一样，只是一些活动的碎点，像极了修拉的点彩画。当刻，我不仅理解了马蒂斯、毕加索、夏加尔画作的种种，甚至看见了除去阳光以外的真实。

在阳光下，所有的事物自有它的颜色，当阳光隐去，在黑暗里，事物全失去了颜色。设若我们换了灯，同样是灯，白炽灯与日光灯会使物体呈现出来的色泽不同，即使同是白炽灯，一百瓦与十瓦的亮度也相去甚巨，更不要说跟一支蜡烛相比了。

我们时常说，在黑夜的月光与烛光下就有了气氛，那是我们多出了一个想象的空间，少去了逼人的现实。即使在阳光艳照的天气，我们突然走进树林，枝叶掩映，点点丝丝，气氛仿佛滤过，就围绕了周边。什么才是气氛呢？因为不真实，才有气有氛，令人迷惑。或者说除去直接无情的真实，留下迂回间接的真实，那就是一般人口里的“气氛”了。

有一回在乡下，听到一位农夫说到现今社会风气的败坏，他说：“都是电灯害的！电灯使人有了夜里的活动，而所有的坏事全是在黑暗里进行的。”想想，人在阳光的照耀下，到底还是保持着本色；在黑暗里，本色失去，一只苹果可以蓝，可以七彩，人还有什么不可为呢？

这样一想，阳光确实是无情的，它让我们无所隐藏。它的无情在于它的无色，也在于它的永恒，又在于它的自然。不管人世有多少沧桑，阳光总不改变它的颜色，所以仿佛也不值得歌颂了。

熟悉中国文学的人应该会发现，中国诗人、词家少有写阳光下的心情的，他们写到的阳光尽是日暮（“天寒翠袖薄，日暮倚修竹”），尽是黄昏（“月上柳梢头，人约黄昏后”），尽是落日（“大漠孤烟直，长河落日圆”），尽是夕阳（“去年天气旧亭台，夕阳西下几时回”），尽是斜阳（“斜阳外，寒鸦数点，流水绕孤村”），尽是落照（“家住苍烟落照间，丝毫尘事不相关”）……阳光的无所不在、无地不照，反而只有离去时最后的照影，才能勾起艺术家、诗人的灵感，想起来真是奇怪的事。

一朝唐诗、一代宋词，大部分是在月下、灯烛下进行，你说奇怪不奇怪？说起来就是气氛作怪。如果是日正当中，仿佛都与情思、离愁、国仇、家恨无缘——思念故人自然是在月夜空山才有气氛，怀忧边地也只有在清风明月里才能服人，即使饮酒作乐，不在有月的晚上难道在白天吗？其实天底下最大的痛苦不是在夜里，而是在大太阳下也令人战栗，只是没有气氛，无法描摹罢了。

有阳光的天色，是给人工作的，不是给人“艺术”的，不是给人联想和忧思的。有阳光的艺术不是诗人、词家的，是画家的专利。一部中国艺术史，大部分写着阳光；西方的艺术史也是亮灿照耀，到印象派的时候更是光影辉煌，只是现代艺术家似乎不满意这样，他们有意无意地改变光的颜色。抽象自不必说了，写实，也不要俗人都看得见的颜色，而是透过画家的眼睛。他们说这是“超脱”，这是“真实”，这是“爱怎么画就怎么画才是创作”。

我常说艺术家是上帝的“错误设计”，因为他们要在阳光的永恒下，另外做自己的永恒，以为这样就能成为永恒的主宰。

艺术“背叛”了阳光的原色，生活也是如此。我们的黑夜愈来愈亮，我们的屋子愈来愈密，谁还在乎有没有阳光呢？现在，如果我批评塞尚的蓝苹果，一定会引来一顿乱棒，就像齐白石若画了蓝色的柿子也会挨骂一样。其实前后还不过是百年的时间，一百年，就让现代人相信，没有阳光，日子一样自在；让现代人相信，艺术家的真实胜过阳光的真实。

阳光本色的失落是现代人最可悲的一种沦落，许多人不知道在阳光下，稻子可以绿成如何样貌，天可以蓝到什么程度，玫瑰花可以红到透明，那是因为过去在阳光下工作的人占人类的大部分，现在变成小部分了。即使是在有阳光的日子，推窗看到的究竟是什么颜色呢？

我常在都市热闹的街路上散步，有时走过长长的一条路，找不到一株小草，有时一年看不到一只蝴蝶，这时我终于知道：我们心里的小草有时候是黑的，而在繁屋的每一扇窗中，埋藏了无数苍白的、没有血色的蝴蝶。

光之香

我遇见一位年轻的农夫，在南方一个充满阳光的小镇。

那时是春末了，一期稻谷刚刚收割，春日阳光的金线如雨一般倾盆地泼在温暖的土地上，牵牛花在篱笆上缠绵盛开，苦苓树上鸟雀追逐，竹林里的笋子正纷纷涨破土地。细心地想着植物突破土地，在阳光下成长的声音，真是人间里非常幸福的感觉。

农夫和我坐在稻埕旁边，稻子已经铺平在场上。由于阳光的照射，稻埕闪耀着金色的光泽，农夫的皮肤染了一种强悍的铜色。我在农夫家做客，刚刚是我们一起把谷包的稻子倒出来，用八爪耙推平的；也不是推平，是推成小小山脉一般，一条棱线接着一条棱线，这样可以让山脉两边的稻谷同时接受阳光的照射。似乎几千年来就是这样晒谷子，因为等到阳光晒过，八爪耙把棱线推进原来的谷底，则稻谷翻身，原来埋在里面的谷子就全翻到向阳的一面来了——这样晒谷比平面有效而均衡，简直是一种阴阳的哲学。

农夫用斗笠扇着脸上的汗珠，转过脸来对我说：“你深呼吸看看。”

我深深地吸了一口气，缓缓吐出。

他说：“你吸到什么没有？”

“我吸到的是稻子的气味，有一点香。”我说。

他开颜地笑了，说：“这不是稻子的气味，是阳光的香味。”

“阳光的香味？”我不解地望着他。

那年轻的农夫领着我走到稻埕中间，伸手抓起一把向阳一面的谷子，叫我用力地嗅。那时，稻子成熟的香气整个扑进我的胸腔。然后，他抓起一把向阴的埋在内部的谷子让我嗅，却没有香味了。

这个实验让我深深地吃惊，感觉到阳光的神奇。究竟为什么只有晒到阳光的谷子才有香味呢？年轻的农夫说他也不知道，是偶然在翻稻谷晒太阳时发现的。那时他还是大学生，暑假偶尔帮忙耕作，想象着都市里多彩多姿的生活，自从晒谷时发现了阳光的香味，竟下决心要留在家乡。我们坐在稻埕边，漫无边际地谈起阳光的香味来，然后我几乎闻到了幼时刚晒干的衣服上的味道。新晒的棉被、新晒的书画，光的香气就那样淡淡地从童年中流泄出来。自从有了烘干机，那种衣香就消失在记忆里，从未想过竟是阳光的关系。

农夫自有他的哲学，他说："你们都市人可不要小看阳光，有阳光的时候，空气的味道都是不同的。就说花香好了，你有没有分辨过阳光下的花与屋里的花香气有何不同呢？"

我说："那夜来花香、昙花香又作何解呢？"

他笑得更得意了："那是一种阴香，没有壮怀的。"

我便那样坐在稻埕边，一再地深呼吸，希望能细细品味阳光的香气。看我那样正经庄重，农夫说："其实不必深呼吸也可以闻到，只是你的嗅觉在都市里退化了。"

光之味

在澎湖访问的时候，我常在路边看渔民晒鱿鱼，发现晒鱿鱼有两种方式：一种是把鱿鱼放在水泥地上，隔一段时间就翻过身来。在没有水泥地的土地上，怕蒸起的水汽，渔民则把鱿鱼像旗子一样，一面面挂在架起的竹竿上——这种景观是在澎湖、兰屿随处可见的，有的沿海地带也看得见。

有一次，一位渔民请我吃饭，桌子上就有两盘鱿鱼，一盘是新鲜的、刚从海里捕到的鱿鱼，一盘是阳光晒干以后，用水泡发，再拿来煮的。渔民告诉我，鱿鱼不同于其他的鱼，其他的鱼当然是新鲜最好，鱿鱼则非经过阳光烤炙就不会显出它的味道来。

我仔细地吃起鱿鱼，发现新鲜的虽脆，却不像晒干的那样有味、有劲。为什么这样？真是没什么道理。难道阳光真有那样大的力量吗？

为什么鱿鱼经过阳光曝晒以后会特别好吃呢？确实不可思议！其实不必说那么远，就是乌鱼子，干的乌鱼子价钱何止是新鲜乌鱼子的十倍？

后来，我在各地旅行的时候，特别留意这个问题。有一次，在南投的竹山吃东坡肉油焖笋尖，差一点没有吞下盘子。主人说，那是因为今年的阳光特别好，晒出了最好吃的笋干；阳光差的时候，笋干也显不出它的美味。嫩笋虽自有它的鲜美，晒过太阳，却完全不同了。

对于鱿鱼、乌鱼子、笋干等等，阳光的功能不仅是让它干燥、耐于久藏，也仿若穿透它，把气味凝聚起来，使它散发出不同味道。我们走入南货行里所闻到的干货聚集的味道，我们走进中药铺子扑鼻而来的草香药香，在从前，无一不是经由阳光凝结的。现在有无需阳光的干燥方法，据说味道也不如从前了。

一位老中医向我描述从前当归的味道，说如今怎样熬炼也不如昔日。我没有吃过旧日当归，不知其味，但这样说，让我感觉现今的阳光也不像古时有味了。

不久前，我到一个产制茶叶的地方，茶农对我说，好天气采摘的茶叶与阴天采摘的茶叶，烘焙出来的茶就是不同。同是一株茶，春茶与冬茶也全然两样，则似乎一天与一天的阳光不同，一季与一季的阳光更天差地别了。而分辨这种不同的先决条件，就是要具备敏感的舌头。不管在什么时代，总有一些人具备好的舌头，能辨别阳光的炽烈与阴柔——阳光像是一碟精心调制的小菜，差一些些，在食家的口中就已自有高下了。

这样想着，我感到悲哀，因为盘中的阳光之味在时代的进程中似乎日渐清淡起来。

光之触

八月的时候，我在埃及，沿着尼罗河自北向南，从开罗逆流而溯，经过卢克索、阿斯旺诸地。那是埃及最热的时节，晒两天就能让人换过一层皮肤。由于埃及阳光可怕的热度，我特别留意到当地人的穿戴。北非各地，夏天的衣着也是一袭长袍长袖，甚至头脸全包裹起来。

我问一位埃及人："为什么太阳这么晒，你们不穿短袖的衣服，反而把全身包裹起来呢？"他的回答很妙："因为太阳实在太晒，短袖长袖同样热，长袖反而可以保护皮肤。"

在埃及的八天旅行中，我在阿斯旺的旅店洗浴时，发现皮肤一层一层地凋落，如同干枯的黄叶。

埃及使我真实感受到阳光的威力，它不只是烧灼着人，甚至是刺痛、鞭打、揉搓着人的肌肤。阳光热烘烘地把我推进一个不可回避的地方，每一秒的照射我都能真实地感应。

后来到了希腊，在爱琴海滨，阳光也从埃及那种磅礴变成一种细致的形式，虽然同样强烈地包围着我们。海风一吹，阳光在四周汹涌，大浪与小浪交替的时候，我感觉希腊的阳光如水一样推涌着，好像手指的按摩。

然后到意大利，阳光像极文艺复兴时代米开朗琪罗的雕塑，开朗强壮，但给人一种美学的感应。那时，阳光是轻拍着人的一双手，让我们面对艺术时真切地清醒着。

到了中欧诸国，阳光简直成为慈和温柔的怀抱，拥抱着我们。

我相当的惊异，因为同是八月盛暑，阳光竟有着种种变化的触觉：或狂野，或壮朗，或温和，或柔腻，变化万千。加上欧洲空气的干燥，人更能触觉到阳光直接的照射。那种触觉简直不只是肌肤的，也是心灵的。

我想起中国的一则寓言：

有一个瞎子，从来没有见过太阳。有一天，他问一个眼睛健康的人："太阳是什么样子的呢？"

那人告诉他："太阳的样子像个铜盘。"

瞎子敲了敲铜盘，记住了铜盘的声音。过了几天，他听见敲钟的声音，以为那就是太阳了。

后来又有一个眼睛健康的人告诉他："太阳是会发光的，就像蜡烛一样。"

瞎子摸摸蜡烛，记住了蜡烛的样式。又过了几天，他摸到一支箫，以为那就是太阳了。

他一直无法搞清太阳是什么样子。

瞎子永远不能看见太阳的样子，自然是可悲的，但幸而瞎子同样能有阳光的触觉。寓言里只有手的触觉，而没有心灵的触觉，失去这种触觉，就是眼睛健康的人，也不能真正了解太阳。

冬天的时候，我坐在阳台上晒太阳。同一个下午的太阳，我能感觉到，每一刻的触觉都不一样：有时温暖得让人想脱去棉衫，有时一片云飘过，又冷得令人战栗。晒太阳的时候，我觉得阳光虽烈，却是活的，是宇宙大心灵的证明。

我想，只要真正地面对过阳光，人就不会觉得自己是神，是万物之主宰。只要晒过太阳，也会知道，冬天里的阳光虽向着我们，但走远了，夏天则又逼近。不管什么时刻，我们都触及了它的存在。

记得梭罗在瓦尔登湖畔，清晨呼吸到新鲜空气，曾希望将那空气用瓶子装起，卖给那些迟起的人。我在晒太阳时则想，是不是有一种瓶子可以装满阳光，卖给那些没有晒过太阳的人呢？

每一天出门的时候，我们对阳光有没有触觉呢？如果没有，我们的感觉能力正在消失，因为当一个人对阳光竟能无感，却说他能对花鸟虫鱼、草木山河有观，想必是自欺欺人的了。

唯有从容的生活才能让人自重。

吾心似秋月

白云守端禅师有一次与师父杨岐方会禅师对坐，杨岐问说：“听说你从前的师父茶陵郁和尚大悟时说了一首偈，你还记得吗？”

“记得记得，那首偈是‘我有明珠一颗，久被尘劳关锁。今朝尘尽光生，照破山河万朵’。”白云毕恭毕敬地说，不免有些得意。

杨岐听了，大笑数声，一言不发地走了。

白云怔坐在当场，不知道师父听了自己的偈为什么大笑，心里非常愁闷，整天都思索着师父的笑，找不出任何足以令师父大笑的原因。那天晚上他辗转反侧，无法成眠，苦苦地参了一夜。第二天实在忍不住了，大清早就去请教师父：“师父听到郁和尚的偈为什么大笑呢？”

杨岐禅师笑得更开心了，对着眼眶因失眠而发黑的弟子说：“原来你还比不上一个小丑，小丑不怕人笑，你却怕人笑！”白云听了，豁然开悟。

这真是一个幽默的公案，参禅寻求自悟的禅师把自己的心思寄托在别人的一言一行上，因为别人的一言一行而苦恼，真的还不如小丑能笑骂由他，言行自在。那么了生脱死，见性成佛，哪里可以得致呢？

杨岐方会禅师在追随石霜慈明禅师时，也和白云遭遇了同样的问题。

有一次，他在山路上遇到石霜，故意挡住去路，问说：“狭路相逢时如何？”石霜说：“你且躲避，我要到那里去！”

又有一次，石霜上堂的时候，杨岐问道：“幽鸟语喃喃，辞云入乱峰时如何？”石霜回答说：“我行荒草里，汝又入深村。”

这些无不都在说明，禅心的体悟是绝对自我的，即使亲如师徒父子也无法同行。就好像人人家里都有宝藏，师父只能指出宝藏的珍贵，却无法把宝藏赠予。杨岐禅师曾留下禅语：“心是根，法是尘，良种犹如镜上痕，痕垢尽时光则现，心法双亡即是真。”人人都有一面镜子，镜子与镜子间虽可互相照映，却是不能彼此取代的。若把自己的喜怒哀乐寄托在别人的喜怒哀乐上，就是永远在镜上抹痕，找不到光明落脚的地方。

在实际的人生里也是如此，我们常常会因为别人的一个眼神、一句笑谈、一个动作而心不自安，甚至茶饭不思，睡不安枕。其实，这些眼神、笑谈、动作在很多时候都是没有意义的，我们之所以心为之动乱，只是由于我们在乎。万一双方都在乎，就会造成“狭路相逢”的局面了。

生活在风涛泪浪里的我们，要做到不畏人言人笑，确实是非常不易，那是因为我们在人我对应的生活中寻找依赖，另一方面则又在依赖中寻找自尊，偏偏“依赖”与“自尊”又充满了挣扎与矛盾，使我们不能彻底地有人格的统一。

我们时常在报纸的社会版上看到，甚至在生活周遭的亲朋中遇见许多自虐、自残、自杀的人，理由往往是：“我伤害自已，是为了让他痛苦一辈子。”这个简单的理由造成了许多人间悲剧。然而更大的悲剧是，当我们自残的时候，那个“他”还是活得很好，即使真能使他痛苦，他的痛苦也会在时空中被抚平，反而我们自残的伤痕一生一世也抹不掉。纵然情况完全合乎我们的预测，真使“他”一辈子痛苦，又于事何补呢?

可见，“我伤害自己，是为了让他痛苦一辈子”，是多么天真无知的想法！因为别人的痛苦或快乐是由别人主宰的，而不是由“我”主宰的，为让别人痛苦而自我伤害，往往不一定使别人痛苦，却一定使自己落入不可自拔的深渊。反之，“我”的苦乐也应由“我”做主，若由别人主宰“我”的苦乐，那就蒙昧了心里的镜子。有如一个陀螺，因别人的绳索而转，转到力尽而止，如何对生命有智慧的观照呢？

认识自我、回归自我、反观自我、主掌自我，就成为智慧开启最重要的事。

小丑由于认识自我，不畏人笑，故能悲喜自在；成功者由于回归自我，可以不怕受伤，反败为胜；禅师由于反观自我，如空明之镜，可以不染烟尘，直观世界。认识、回归、反观自我都是自己做主人的方法。

但自我的认识、回归、反观不是高傲的，也不是唯我独尊的，而应该有包容的心与从容的生活。包容的心是知道即使没有我，世界一样也会继续运行，时空也不会有一刻中断，这样可以让人谦卑；从容的生活是知道即使我再紧张再迅速，也无法使地球停止一秒，那么何不以从容的态度来面对世界呢？唯有从容的生活才能让人自重。

佛教的经典与禅师的体悟，时常把心的状态称为“心水”或“明镜”，这有甚深微妙之意，“包容的心”与“从容的生活”庶几近之，包容的心不是柔软如水，从容的生活不是清明如镜吗？

水可以用任何状态存在于世界，不管它被装在任何容器里，都会与容器和谐统一；但它不会因容器是方的就变成方的，它无须争辩，却永远不损伤自己的本质，永远可以回归到无碍的状态。心若能持平，清净如水，装在圆的或方的容器，甚至在溪河大海之中，又有什么损伤呢？

水可以包容一切，也可以被一切包容，因为水性永远不二。

但如水的心，要保持在温暖的状态才可起用，心若寒冷，则结成冰，可以割裂皮肉，甚至冻结世界；心若燥热，则化成烟气消逝，不能再觅，甚至烫伤自己，燃烧世界。

如水的心也要保持在清净与平和的状态下才能有益，若化为大洪、巨瀑、狂浪，则会在汹涌中迷失自我，乃至伤害世界。

我们在现实生活中之所以会遭遇痛苦，正是因为无法认识心的实相，无法恒久保持温暖与平静。我们被炽烈的情绪燃烧时，就化为贪婪、嗔恨、愚痴的烟气，看不见自己的方向；我们被冷酷的情感冻结时，就凝成傲慢、怀疑、自怜的冰块，不能用来洗涤受伤的伤口了。

禅的伟大正在这里。它不否定现实的一切冰冻、燃烧、澎湃，而是开启我们的本质，教导我们认识心水的实相、心水的如如之状，并保持这“第一义”的本质，不因现实的寒冷、人生的热恼、生活的波动而忘失自我的温暖与清净。

镜，也是一样的。

一面清明的镜子，不论是最美丽的玫瑰花还是最丑陋的屎尿，都会显出清楚明确的样貌；不论是悠忽缥缈的白云或平静恒久的绿野，也都能自在扮演它的状态。

可是，如果镜子脏了，它照出的一切都是脏的。一旦镜子破碎了，它就完全失去觉照的功能。肮脏的镜子就好像品格低劣的人，所见到的世界都与他一样卑劣；破碎的镜子就如同心性狂乱的疯子，他见到的世界因自己的分裂而无法起用。

禅的伟大也在这里，它并不教导我们把屎尿看成玫瑰花，而是教导我们把屎尿看成屎尿，玫瑰看成玫瑰；它既不否定卑劣的人格，也不排斥狂乱的身心，而是教导卑劣者擦拭自我的尘埃，转成清明，以及指引狂乱者回归自我，有完整的观照。

水与镜子是相似的东西，平静的水有镜子的功能，清明的镜子与水一样晶莹，水中之月与镜中之月不是同样的月之幻影吗？

禅心其实就是告诉我们，人间的一切喜乐我们要看清，生命的苦难我们也该承受，因为在终极之境，喜乐是映在镜中的微笑，苦难是水面偶尔飞过的鸟影。流过空中的鸟影令人怅然，镜里的笑痕令人回味，却只是偶然的一次投影呀！

唐朝的光宅慧忠禅师，因为修行甚深微妙，被唐肃宗迎入京都，待以师礼，朝野都尊他为国师。

有一天，当朝的大臣鱼朝恩来拜见国师，问曰："何者是无明，无明从何时起？"

慧忠国师不客气地说："佛法衰相今现，奴也解问佛法！"（佛法快要衰败了，像你这样的人也懂得问佛法！）

鱼朝恩从未受过这样的屈辱，勃然变色，正要发作，国师说："此是无明，无明从此起。"（这就是蒙蔽心性的无明，心性的蒙蔽就是这样开始的。）

鱼朝恩当即有省，从此对慧忠禅师更是钦敬。

正是如此，任何一个外在的因缘使我们波动都是无明。如果能止息外在所带来的内心波动，则无明即止，心也就清明了。

大慧宗杲禅师也有一个类似的故事。有一天，一位将军来拜见他，对他说："等我回家把习气除尽了，再来随师父出家参禅。"

大慧禅师一言不发，只是微笑。

过了几天，将军果然来拜见，说："师父，我已经除去习气，要来出家参禅了。"

大慧禅师说："缘何起得早，妻与他人眠？"（你怎么起得这么早，让妻子在家里和别人睡觉呢？）

将军大怒："何方僧秃子，焉敢乱开言！"

禅师大笑，说："你要出家参禅，还早呢！"

可见要做到真心体寂，哀乐不动，不为外境言语流转迁动是多么不易。

我们被外境迁动有如对着空中撒网，必然是空手而出，空手而回，只是感到人间徒然，空叹人心不古、世态炎凉罢了。禅师以及他们留下的经典，都告诉我们本然的真性如澄水、如明镜、如月亮。我们几时见过大海被责骂而还口，明镜被称赞而欢喜，月亮被歌颂而改变呢？大海若能为人所动，就不会如此辽阔；明镜若能被人刺激，就不会这样干净；月亮若能随人而转，就不会这样温柔遍照了。

两袖一甩，清风明月；仰天一笑，快意平生；布履一双，山河自在；我有明珠一颗，照破山河万朵……这些都是禅师的境界，我们虽不能至，心向往之。如果可以在生活中多留一些自己给自己，不要千丝万缕地被别人牵动。在觉性明朗的那一刻，或也能看见般若之花的开放。

历代禅师中最不修边幅，不在意别人眼目的就是寒山、拾得。寒山有一首诗说：

吾心似秋月，
碧潭清皎洁。
无物堪比伦，
更与何人说。

明月为云所遮，我知明月犹在云层深处；碧潭在无声的黑夜中虽不能见，我知潭水仍清。那是由于我知道明月与碧潭平常的样子，内心的清明也是如此。

可叹的是，我要用什么样的语言才能说得清楚呢？寒山大师在很久很久以前就有这样清澈动人的叹息了！

这一站到那一站

最近在搬家，这已经是住在台北的第十次搬家了。每次搬家就像要在乱阵中杀出重围一样，弄得精疲力竭，好不容易出得重围，回头一看则已尸横遍野，而杀出重围也不是真的解脱，是进入一个新的围城清理战场了。

搬家，真是人生里无可奈何的事，在清理杂物时总是面临舍与不舍、丢或不丢的困境，尤其是很多跟随自己许多年的书，今生可能再也不会翻阅；很多信件是少年时代保存至今，却已是时光流转，情境不再；许多从创刊号保留的杂志早已是尘灰满布，永远不会去看了；还有一大堆旧笔记、旧剪贴、旧资料、旧卡片，以及一些写了一半的不可能完成的稿件……每打开一个柜子，都是许多次的彷徨、犹豫，反复再三。

好不容易下定决心，把不可能再用的东西舍弃，光是纸类就有二百多公斤，卖给收旧货的人，一公斤一元钱，合起来正是买一本新书的钱。

还舍弃一些旧家具，送给需要的朋友。

由于想到人生里没有多少次像搬家，可以让我们痛快地舍弃，使我丢掉了许多从前十分钟爱的东西，都是不能用金钱衡量的一些成长的纪念。林林总总，舍掉的东西恐怕有一部货车能装下的那么多。

即使是这样，这次搬家还是动用了四部货车才连载完毕。这使我想起从前刚到台北，行李加起来一共只有一只旅行袋，后来搬家，是一个旅行袋加一个帆布袋，学校毕业时搬家竟动用了一部小货车，当时已觉得是颇大的背负。

幸好去服了兵役，第二次回台北，又是一只旅行袋，然后路愈走愈远，背的东西也日渐增加，虽然经常搬迁、舍弃，增加的东西却总是快过丢的速度。有时想起一只旅行袋走天下的年轻时的身影，心中不免感慨，那时身无长物，只有满腔的热血和志气，每天清晨在旅行途中的窗口看见朝日初升，总觉得自己像那一轮太阳。现在放眼四顾，周围堆满了东西，自己青年时代的热血与斗志是不是还在呢?

在时光的变迁中，有些事物在增长，有些东西在消失，最可担忧的恐怕是青春不再吧！许多事物我们可以决定取舍，唯有青春不行，不管用什么方法，它都是自顾自行走。

记得十年前一个寒冷的冬天，我住在屏东市一家长满臭虫的旅店，为了看内埔乡清晨稻田的日出，凌晨四点就从旅店出发。赶到内埔乡时，天色还是昏暗的，我就躺在田埂边的草地等候，没想竟昏沉沉地睡去了，醒来的时候日头已近中天。

我捶胸顿足，想起走了一个小时的夜路，难过得眼泪差一点落了下来。正在这时，我看到田中的秧苗反映阳光，田地因干旱而显出的裂纹连绵到天边，非常之美，是我从未见过的景象，立即转悲为喜，感觉到：如果能不执着，心境就会美好得多。

那时一位农夫走来，好意地请我喝水，当他知道我来看日出的美景时，抬头望着天空出神地说："如果能下雨，就比日出更美了。"

我问他下雨有什么美，他说："这里闹干旱已经两个月了，没有下过一滴雨，日出有什么好呢？”我听了一惊，非常惭愧，以一种悔罪的心情看着天空的烈日，很能感受到农夫的忧伤。

后来，我和农夫一起向天空祈求下雨，我深切地知觉到：离开了真实的生活，世间一切的美都会显得虚幻不实。

假若知道有阳光或者没有阳光，人都有观照的角度，就知道了舍与不舍，都是在一念之间。

不只是搬家，每个人新的一天，都是从这一站到那一站。在流动与迁徙之中，只要不忘失自我，保有热血与志气，到哪里不都是一样的吗？

我们现在搬家还能自己做主，到离开这个世界时也是身体的搬家，如果不及早准备，步步为营地向光明与良善前进，到时候措手不及，做不了主，很可能就会再度走进迷茫的世界，忘记自己的来处了。

只有心如晴窗的人才有真正的爱，更只有爱花的人才能种出最美的花。

晴窗一扇

登山界流传着一个故事，一个又美丽又哀愁的故事。

传说有一位青年登山家，有一次登山的时候，不小心跌落在冰河之中。数十年之后，他的妻子到那一带攀登，偶然在冰河里找到了已经被封冻几十年的丈夫。这位埋在冰天雪地里的青年，还保持着他年轻时代的容颜，而他的妻子因为活在尘世里，已经是两鬓飞霜、年华老去了。

第一次听到这个故事时，整个胸腔都震动起来，它是那么简短，那么有力地说出了人处在时间和空间之中，的确是渺小的，有许多机缘巧合正如同数十年后相遇在冰河的夫妻。

多年前，有一部电影叫《消失的地平线》，那里是没有时空的，人们过着无忧无虑的快乐生活。一天，一位青年在登山时迷途了，闯入了失去的地平线，并且在那里爱上一位美丽的少女。少女向往着人间的爱情，青年也急于带少女回到自己的家乡，两人不顾大家的反对，越过了谷口的地平线，穿过冰雪封冻的大地，历尽千辛万苦才回到人间。不意在青年回头的那一刻，少女已经是满头银发，皱纹满布，风烛残年了。故事便在幽雅的音乐和纯白的雪地中揭开了哀伤的结局。

本来，生活在失去的地平线的这对恋侣，他们的爱情是真诚的，也都有创造将来的勇气，他们为什么不能有圆满的结局呢？问题发生在时空上。一个处在流动的时空，一个处在不变的时空，在他们相遇的一刹那，时空拉远，就不免跌进了哀伤的迷雾中。

最近，台北在公演白先勇小说《游园惊梦》改编的舞台剧。我少年时代几次读《游园惊梦》，只认为它是一个普通的爱情故事，年岁稍长，重读这篇小说，竟品出浓浓的无可奈何。经过了数十年的改变，它不只是一个年华逝去的妇人对风情万种的少女时代的回忆，而是对时空流转之后，人力所不能为的忧伤。时空在不可抗拒的地方流动，到最后竟使得一朝春尽红颜老，花落人亡两不知。

“时间”和“空间”这两道为人生织锦的梭子，它们的穿梭来去竟如此的无情。

在希腊神话里，有一座不死不老的神仙们所居住的山，山口有一个大的关卡，把守这道关卡的就是“时间之神”，他把时间的流变挡在山外，使得那些神仙可以永葆青春，可以和山、和太阳、和月亮一样的永恒、不朽。

作为凡人的我们，没有神仙那样的运气，每天抬起头来，眼睁睁地看着墙上挂钟滴滴答答、走动匆匆的脚步，即使坐在阳台上沉思，也可以看到日升、月落、风过、星沉从远远的天外流过。有一天，我们偶遇少年游伴，发现他略有几根白发，而我们的心情也微近中年了；有一天，我们突然发现院子里的紫丁香花开了，可是一趟旅行回来，花瓣却落了满地；有一天，我们看到家前的旧屋被拆了，可是过不了多久，却盖起一栋崭新的大楼；有一天……我们终于察觉，时间的流逝和空间的转移是那么的无情和霸道，完全没有商量的余地。

中国的民间童话里也时常描写这样的情景，有一个人在偶然的机缘下到了天上，或者游了龙宫，十几天以后他回到人间，发现人事全非，手足无措；因为“天上一日，世上一年”，他游玩了十数天，世上已过了十几年。十年的变化有多么大呢？它可以大到你回到故乡，却找不到自家的大门，认不得自己的亲人。贺知章的《回乡偶书》很能表达这种心情：“少小离家老大回，乡音无改鬓毛衰。儿童相见不相识，笑问客从何处来？”数十年的离乡，甚至可以让主客易势呢！

佛家说“色相是幻，人间无常”，实在是参透了时空的真实，让我们看清一朵蓓蕾很快地盛开，而不久它又要凋落了。

《水浒传》的作者施耐庵在该书的自序里有短短的一段话：“每怪人言，某甲于今若干岁。夫若干者，积而有之之谓。今其岁积在何许？可取而数之否？可见已往之吾悉已变灭。不宁如是，吾书至此句，此句以前已疾变灭，是以可痛也。”（我常对于别人说“某甲现在若干岁”感到奇怪，若干，是积起来而可以保存的意思，而现在他的岁积存在什么地方呢？可以拿出来数吗？可见以往的我已经完全改变消失。不仅是这样，我写到这一句，这一句以前的时间已经很快改变消失，这是最令人心痛的。）正道出了一个大小说家对时空变迁的哀痛。

古来中国的伟大小说，只要我们留心，会发现它们几乎全包涵一个深刻的时空问题。《红楼梦》的花柳繁华温柔富贵，最后也走到时空的死角；《水浒传》的英雄豪杰重义轻生，最后下场凄凉；《三国演义》的大主题是“天下大势，分久必合，合久必分”；《金瓶梅》是色与相的梦幻散灭；《镜花缘》是水中之月，镜中之花；《聊斋志异》是神鬼怪力，全是虚空；《西厢记》是情感的失散流离；《桃花扇》更明显地道出了“眼看他起朱楼，眼看他宴宾客，眼看他楼塌了”的人事变迁。

我们的文学作品几乎无一例外地，说出了人处在时空里的渺小。可惜没有人从这个角度深入探讨，否则一定会发现中国民间思想对时空的递变有很敏感的触觉。

西方有一句谚语："你要永远快乐，只有向痛苦里去找。"正道出了时空和人生的矛盾。我们觉得快乐时，偏不能永远；留恋着不走的，永远是那令人厌烦的东西——这就是在人生边缘不时作弄我们的时间和空间。

柏拉图写过一首两行的短诗：

你看着星吗，我的星星？
我愿为天空，以得无数的眼看你。

人可以用多么美的句子、多么美的小说来写人生，可惜我们不能是天空，不能是那永恒的星星，只有看着消逝的星星感伤的份。

有许多人回忆过去的快乐，恨不能与旧人重逢，恨不能年华停驻，事实上，却是天涯远隔，韶光飞逝。即使真有一天与故人相会，心情也像在冰雪封冻的极地，不免被时空的箭射中而哀伤不已吧！

日本近代诗人和泉式部有一首有名的短诗：

心里怀念着人，
见了泽上的萤火，
也疑是从自己身体里出来的梦游的魂。

我喜欢这首诗的意境，尤其"萤火"一喻，我们怀念的人何尝不是夏夜的萤火，忽明忽灭，或者在黑暗的空中一转就远去了，连自己梦游的魂也赶不上。这真是对时空无情极深的感伤了。

说到时空无边无尽的无情，它到终极会把一切善恶、美丑、雅俗、正邪、优劣都涤洗干净，再有情的人也丝毫无力挽救。那么，我们是不是就因此而颓丧、优柔不前呢？是不是就坐等着时空的变化呢？

我觉得大可不必，人的生命虽然渺小短暂，但它像一扇晴窗，是由自己小的心眼里来照见大的世界。

一扇晴窗，在面对时空的流变时飞进来春花，就有春花；飘进来萤火，就有萤火；传进秋声，就有秋声；侵进冬寒，就有冬寒。闯进来情爱就有情爱，刺进来忧伤就有忧伤。一任什么事物到了我们的晴窗，都能让我们更真切地体验生命的深味。

只是既然是晴窗，就要有进有出，曾拥有的幸福，在失去时窗还是晴的；曾被打击的重伤，也有能力平复。努力维持着窗的晶明，任时空的梭子如百鸟之翔在眼前乱飞，也能有一种自在的心情，不致心乱神迷。

有的人种花是图利，有的人种花是为了打发无聊，我们不要成为这样的人，要真爱花才去种花——只有用“爱”去换“时空”才不吃亏，也只有心如晴窗的人才有真正的爱，更只有爱花的人才能种出最美的花。

买野花的人可能是爱花的，可能其中也深埋着一种甜蜜的回忆。

野姜花

在通化市场散步，拥挤的人潮中突然飞出来一股清气，使人心情为之一爽。循香而往，发现有一位卖花的老人正在推销他从山上采来的野姜花，每一把有五支花，一把十块钱。

老人说他的家住在山坡上，他每天出去耕种的时候，总要经过横生着野姜花的坡地，从来不觉得野姜花有什么珍贵，只觉得这种花有一种特别的香。今年秋天，他种田累了，依在树旁午睡，睡醒后发现满腹的香气，清新的空气格外香甜。老人想：这种长在野地里的香花，说不定有人喜欢。于是他剪了一百把野姜花到通化街来卖，总在一小时内就卖光。老人说：“台北爱花的人真不少，卖花比种田好赚哩！”

我买了十把野姜花，想到这位可爱的老人，也记起买野花的人可能是爱花的，可能其中也深埋着一种甜蜜的回忆。就像听一首老歌，那歌已经远去了，声音则留下来；每一次听老歌，我就想起当年那些同唱一首老歌的朋友——他们的星云四散，使那些老歌更显得韵味深长。

第一次认识野姜花的可爱，是许多年前。我在木栅醉梦溪边散步，一位年轻的少女告诉我：“野姜花的花像极了停在绿树上的小白蛱蝶，而野姜花的叶则像船一样，随时准备航向远方。”然后我们相偕坐在桥上，把摘来的野姜花一瓣瓣飘下溪里，真像蝴蝶翩翩；将叶子掷向溪里，平平随溪水流去，也真像一只绿色的小舟。

女孩还告诉我：“有淡褐色眼珠的男人都是注定要流浪的。”然后我们轻轻地告别，从未再见。

如今，岁月像蝴蝶飞过，像小舟流去，我也度过了很长的一段流浪岁月，仅剩野姜花的兴谢在每年的秋天让人神伤。后来我住在木栅山上，就在屋后不远处，有一个荒废的小屋。春天里，野姜花像一串晶白的珍珠垂在各处，秋风一吹，野姜花的白色精灵则迎风飞展。我常在那颓落的墙脚独坐，一坐便是一个下午，感觉到秋天的心情可以用两句诗来形容：

曲终人不见，江上数峰青。

记忆如花一样，温暖的记忆则像花香，在寒冷的夜空也会放散。

我把买来的野姜花用一个巨大的陶罐插起来，小屋就被香气缠绕。出门的时候，香气像远远地拖着一条尾巴，走远了，还跟随着。我想到，即使像买花这样的小事，也有许多珍贵的记忆。

有一次赶火车要去见远方的友人，在火车站前被一位卖水仙花的小孩拦住，硬要叫人买花。我买了一大束水仙花，没想到那束水仙花成为最好的礼物。朋友每回来信都提起那束水仙，说：“没想到你这么有心！”

又有一次要去看一位女长辈，这位老妇年轻时曾有过美丽辉煌的时光。我走进巷子时突然灵机一动，折回花店买了一束玫瑰，一共九朵。我说：“青春长久。”竟把她激得眼中含泪。她说：“已经有十几年的时间没有人送我玫瑰了，没想到，真是没想到，还有人送我玫瑰。”说完她就轻轻啜泣起来。我几乎在这种心情中看岁月蹑足如猫步，无声悄然走过。隔了两个星期我去看她，那些玫瑰犹未谢尽，原来她把玫瑰连着花瓶冰在冰箱里，想要捉住最后的青春，看得让人心疼。

每天上班的时候，我会路过复兴南路，就在复兴南路和南京东路的快车道上，时常有一些卖玉兰花的人，有小孩、有少女，也有中年妇人。他们将四朵玉兰花串成一串，车子经过时就敲着你的车窗，说：“先生，买一串香的玉兰花。”使得我每天买一串玉兰花成为习惯。我喜欢那样的感觉——有人敲车窗卖给你一串花，而后天涯相错，好像走过一条乡村的道路，沿路都是花香鸟语。

印象最深的一次是在东部的东澳乡旅行，所有走苏花公路的车子都要在那里错车。有一位长着一对大眼睛的山地小男孩卖着他从山上采回来的野百合，那些开在深山里的百合花显得特别小巧，还散发着淡淡的香气。我买了所有的野百合，坐在沿海的窗口，看着远方海的湛蓝及眼前百合的洁白，突然兴起一种想法：这些百合开在深山里是很孤独的，惟其有人欣赏，它的美和它的香才增显了存在的意义；再好的花开在山里，如果没有被人望见就谢去，便减损了它的美。

因此，我总是感谢那些卖花的人。他们和我原来都是不相识的，因为有了花魂，我们竟可以在任何时地有灵犀一点。小小的一把花，想起来自有它的魅力。

当我们在随意行路的时候，遇到卖花的人，也许花很少的钱买一把花，有时候留着自己欣赏，有时候送给朋友，不论怎么样处理，总会值回花价的吧！

每一颗凡夫的心也都是世界的中心，即使不能改变大世界，
对自己所居住的世界仍有决定性的影响。

世界的中心

最近，我到垦丁公园里的生态保护区南仁湖去小住两天。

因为南仁湖是管制区，不容易进去，所以到现在还保有原始纯净的面貌。南仁湖位于南仁山区，这个山区有丘陵、山谷、湖泊、溪流、山坡、草原、原始林等等不同的景观，其中最美的部分却是南仁湖及湖畔的草原。

这个占地非常大的湖泊，沿岸弯曲有致，四周的草原青翠而平坦，水草丰美，湖里有各种鱼类。每年到了冬季，过境的候鸟都在这里栖息。而且，这里的天空、山、云，乃至晚上的星月都有非凡之美。在南仁湖畔居住的两天，使我仿佛完全舍弃了红尘，进入一片天涯海角的净土。

在这广大的人间仙境里，只住了一户人家，这户人家共有四口人，一对中年的夫妻带着弟弟和孩子住在水泥平房里，我就是在他家借宿的。

这一户人家在深山的湖畔居住了二十多年，从前以种田为业，后来改牧牛羊，现在养了七十几头牛和三百多只羊。由于牛羊在山间放牧，因此他们的生活单纯悠闲，并不忙碌。能住在风景那样优美的地方，真正是人间最幸福的事了。

可是让我最惊异的是，主人并不能感觉到那里的风景有什么优美，他还对我说：“我真想搬到台北去住呢！”

他说："这里从前有十七户人家，有办法的人老早都搬出去了，只有我们这种找不到出路的人才住在这深山里呀！"言下颇有感慨之意。

本来，住在这远离尘嚣的地方，心里是可以非常明净安宁的，可是主人受不了明净与安宁。他告诉我，受了二十几年的寂寞，在这个月，他终于狠下心买了一台发电机，一台冰箱、一台彩色电视机。一到夜晚，燃烧柴油的发电机就轰然被抽响，震撼着整个山谷，然后一家人围在电视前面，看着遥远的山外发生的事故：新闻里无非是争战与残杀，连续剧里则是侠情、乱爱与纷扰，综艺节目是脂粉、电光与浮夸……

当发电机发动的时候，我总是搬着竹凳，独自坐在黑暗的前庭，看明亮清澈的星月，看妩媚无比的山的姿影，看淡淡浮在湖面上的金光，以及不时流浪而过的萤火。要一直等到电视的声音完全歇止，主人才会搬一张椅子出来，陪我喝茶。

我看着主人因工作而满布着风霜的脸，想到：在这么幽深宁静的山中，他们渴望着外面繁华世界的消息，原是无可厚非的；如果是我们住在这样的山里，面对着变化微小、沉默不语的湖与山，我们是不是也会渴盼着能知道山外的红尘呢？答案是非常肯定的。

你从哪里看这个世界？

非但如此，我发现住在这山中唯一的人家，他们并不是很亲和，重复而单调的工作使他们难以感受到生活中的悦乐，脸上自然地带着一丝怨气。家庭成员的关系过度亲密，竟使他们无法和谐地相处，不时有争吵的场面；争吵当然也不是很严重，很快像山上的乌云飘飞而过，但过于密集的争吵，总不是好事。

从南仁湖回来以后，我开始思考起人根本的一些问题。这一户居住在极南端边地里的人家，在我们看来他们是住在世界的边缘了，可是他们却终日向往着繁华的生活，他们的身虽在边地，心却没有在边地。

他们一家四口人，每人都认为自己是中心，难以退让，所以才会不时地发生争吵。

在我的眼中，南仁湖是世界上少见的美景，能住在那里不知道是几世修来的福气，可是他们不能欣赏那里的美，也不觉得是福气，他们的心并不能和那里明净的山水相映。反过来说，我虽住在城市，我的心并不能与电视相应，反而他们住在原始林中，竟能深深地和电视产生共鸣，这到底是什么道理呢？

他们也同样对我有着疑惑，女主人每天做菜的时候，总是要问我一次："你年纪这么轻，为什么要吃素呢？"甚至还对我说，他们住在山里二十多年，我是第一位吃素的客人，他们感到相当意外。

还有一次，我坐在屋前的竹林中看飞舞采花的黄裳、青斑、白斑不同的蝴蝶入神的时候。主人忍不住坐到我的身边，问我："你一直说这里的风景很美很美，到底你是从哪里看的呢？"我大大地吃了一惊，指着面前的蝴蝶说："这不是很美吗？"他看了一下，茫然地笑着，起身，走了。

到底你是从哪里看的呢？

是看山、看云、看湖、看星，还是看水鸟呢？

我自己也这样问着，并寻找答案，最后我找到的答案，几乎全不是眼前的景色，而是因为心，我是从心里看风景的。

有一天，如果我避居在南仁山，我可以看到它最美丽的一面。但是现在，我居住在城市。我也同样能领略城市之美。问题不在南仁山，不在于城市，不在于任何地方，而在于心眼。

这就像垦丁的一位朋友告诉我，他开车开了十几公里，带一名官员到龙坑去看海浪，官员看了半天对他说："这也没什么，只不过是海浪而已。"

我的朋友本来想问："那，你想看什么呢？"

后来，他没有那样问，而问说：

“你能看什么？你会看什么呢？”

南仁山的经验使我知道，不只是人，不只是山水，甚至整个世界，它的中心就是人心。

我坐的椅子就是世界中心

人心是世界乃至宇宙无限的中心，这是一个多么大的发现。

从前，古埃及人认为孟菲斯是世界的中心，希腊人则认为德尔菲是世界的中心，英国人却认为世界的中心在伦敦的堪培拉花园，中国人则认为世界的中心在长安，罗马帝国人认为世界的中心在万神殿，甚至连非洲人都以为世界的中心在非洲。

这并不是由于无知或愚昧，一直到现在，美国人认为世界的中心在华盛顿，俄国人却认为是在莫斯科。

在地球刚被发现是圆形的时候，地球人认为地球是宇宙的中心；后来发现地球绕日而行，才勉强承认太阳是太阳系的中心；后来又发现宇宙有无数的星云漩系，又不能确定什么才是宇宙的中心了。

其实，这种自认是中心的观点并没有错，因为地球是圆的，不管以哪一点为定点，它都可以是中心，都可以万法归一。不要说长安、罗马、孟菲斯、德尔菲，就是我现在坐的这张椅子，也可以说是世界的中心。

再从宇宙无限的观点来看，上下四方既无尽头，说地球是中心又有什么错呢?

这是从空间来看的。再从时间来看，从大的角度说，历史上每一个时代的人，都把自己那个时代看成是世界历史的中心，要“承先启后”，要“继往开来”，要“为往圣继绝学，为万世开太平”，甚至要“前不见古人，后不见来者，念天地之悠悠，独怆然而涕下”。虽然我们从大格局来看，许多时代是平淡、平凡的，可是他们那一代的人在那个时候，却都认为那是“轰轰烈烈的大时代”。

再从个人来说，每个人都免不了认为自己的时间过程最重要。我们是儿童时，认为世界应以儿童为中心；我们是青年时，认为世界不够照顾青年；我们到中年时，往往看不惯前卫的青年和保守的老人，认为中年人才能创造世界；我们到老年时，总会埋怨世界不敬老尊贤，或者批评老人福利办得不好。我们是青年时，谁想过老人福利的问题呢？

所以说，不管是从空间或时间来看，我们自己就可以说是世界的中心，或者说每个人都认为自己是世界中心而不肯承认。这是我们这个世界的实相，但也是这个世界的空相，因为时过境迁，中心就未必是中心，而换一个角度，中心又成为边地了，这不是一切成空吗？

世界的中心其实不是地理上、历史上的，世界的中心就是一个人的心之实相。

在佛教经典里，对世界中心乃至宇宙中心是人心早就有深刻的见解。佛陀在《楞严经》里曾对阿难说：“中何为在？为复在处？为当在身？若在身者，在边非中，在中同内。若在处者，为有所表？为无所表？无表同无，表则无定。何以故？如人以表，表为中时，东看则西，南观成北，表体既混，心应杂乱。”

在《维摩诘经》里，维摩诘对弥勒菩萨说：“弥勒，世尊授仁者记，一生当得阿耨多罗三藐三菩提，为用何生得受记乎？过去耶？未来耶？现在耶？若过去生，过去生已灭；若未来生，未来生未至；若现在生，现在生无住。如佛所说：比丘！汝今即时亦生亦老亦灭。”

前一段经文是空间的，后一段是时间的。中心在哪里呢？并不在时空，而是在人的心性。近代思想家张铁君曾由这两段经文演绎，写出极明白的两段话来讲时空，他说：

其实天下的中央并不一定，在地平面上处处皆中处处非中，只视乎以何地作为四围而定。东西南北莫不如此。如谓此地为北，则北之北，尚有北在。以北之北来看北，则北又为南。如谓北地为南，则南之南，尚有南在。以南之南来看南，则南又为北。东西也是如此，所谓远东，不过以欧西的国家为坐标。在中国人看来，东方而已，何有于远？中国的远东应该是美洲才对。可证空间本无方位，南北不过随人而定。

时间过去的过去了，未来的尚没有来，现在的刹那间即已消逝，而且刹那又在哪里？照这样看，哪里有过去？有未来？又哪里有现在？因而无古无今，无旦无暮，时间只不过是一条无始无终、连绵不断的长河罢了。

到这里，是不是让我们更见到心的实相呢？

《楞严法要串珠》中说："当知虚空生汝心内，犹如片云点太清里。况诸世界，在虚空耶。汝等一人发真归元，此十方空，皆悉销殒。圆明精心，于中发化。如净琉璃，内含宝月。圆满菩提，归无所得。"

在佛经里，人的心性可以与虚空相应，可以大如虚空，所以说虚空在心里，世界还在虚空之中，人心就大过世界了。但这是从大处说，如果从小处着眼，每一颗凡夫的心也都是世界的中心，即使不能改变大世界，对自己所居住的小世界仍有决定性的影响。

所以，佛教里说，在最深沉黑暗的地狱中焚烧众生的烈火，当地藏菩萨走过时都化成艳丽的红莲花；在大菩萨的眼中，森罗地狱就是春色满园的净土，有什么不能呢？

人心就是世界

近几年来，社会治安一天比一天败坏，已经到了让人痛心疾首的地步。尤其是今年，每天打开报纸的社会版，总会感到内心深处一阵抽紧：为什么那些残暴无比的凶案竟会每天发生呢？这个社会到底在什么地方出了问题呢？

许多专家告诉我们，要改革社会的不安应该从家庭、学校、社会的教育着手，并且要加强警力，改变社会奢侈淫靡的风气等等。可是当我们发现受过高等教育的知识分子因一念之嗔可以举刀杀人，因一念之痴而自戕身命；尤其是连警察人员也常因一念之贪而贪污抢劫、伤人害命时，我们就知道问题不是那么简单。

家庭、学校、社会教育的重点又在哪里呢？也在人心！

佛教思想的基础，就是从心的认识与觉悟开始的。佛陀早就告诉我们，一个人要成为什么样子，他现在的宿命，未来的道路，都是心的缘起。从出世法说，心的清净可以使人超出三界，成圣果、证法身；从入世法说，心的清净可以使社会平安、国家安泰、世界和平。

佛经常说："心取罗汉，心取天，心取人，心取畜生虫蚁鸟兽，心取地狱，心取饿鬼作形貌者，皆心所为。"

一个人、一个社会、一个国家的败坏，简单地说，就是心有所染着，不能清净。心的染着因素则是贪、嗔、痴、慢、疑，我们打开报纸，让我们触目惊心的事件，无不是贪嗔痴慢疑所造成的呀！

使人心清净的力量不在教育，而在信仰；不在知识，而在因果。有了信仰才能心有所敬，有了因果才能心有所畏。知所敬畏就不敢胡作非为，平安自在才能为理想、为利他而奉献自我。

民国初年的高僧倓虚法师在他的《影尘回忆录》里说：

"佛法维系着每一个人的人心，像一根细长的灯芯子，人心似一个添满了慧油的灯盏，燃起了人心灯中的灯芯子，放出无尽的光明，照耀着整个世界（乃至无边的世界）。可是如果把灯芯子抽去不要，灯就立时熄灭不亮了。换句话说，如果使人心失去了佛法的教化，抽掉了因果理的维系，人心也就肆无忌惮，败坏到不可收拾了。”

人心其实不只是世界中心，人心就是世界！

微尘中，见一切法界

从南仁山离开的那天清晨，我特别跑到种着一片红色睡莲的湖畔，看莲花在清晨的眸光中开起。一行栖在山头的白鹭鸶也被曦光唤起，在山谷中优雅地盘飞着。白鹭鸶绕过之处，小雨蛙纷纷从莲叶跳入湖中，一圈极细小的涟漪一直向四周扩散，终于扩散成为极大的圆周。

我想，人心也是这样的。

面对再好的莲花、再美的水色，如果不能静虑，有澄澈的心去感受与对应，一切都是惘然。

我想起《华严经》里的一段经文：

> 善男子！
> 当知自心即是一切佛菩萨法；
> 由知自心即佛法故，则能净一切刹，入一切劫。
> 是故善男子，
> 应以善法，扶助自心；
> 应以法雨，润泽自心；
> 应以妙法，治净自心；
> 应以精进，坚固自心；

应以忍辱，卑下自心；

应以禅定，清净自心；

应以智慧，明利自心；

应以佛德，发起自心；

应以平等，广博自心；

应以十力[①]、四无所畏[②]，明照自心。

我们都是十方世界里的善男子与善女人，在这广大无边际的时空之中，我们可能是渺小的，无法含水泼熄世界燃烧的火焰，也不能以安静来止息世界的喧吵纷扰，但只要我们的心香光庄严，觉性遍满，就能使世界其光遍满，无坏无杂。

于此莲花藏，世界海之内；

一一微尘中，见一切法界。

——《华严经·卢舍那佛品》里不是这样说过吗：在这宝莲花所结遍的佛净土上，在这世界广大的土地与大海之内，每一点滴最小的尘埃中，也可以看到一切的法界呀！

这是多么超脱美丽的境界，人心之小可以小到微尘一般，人心之大则大到遍满莲花藏的世界。

那么，善男子！善女人！坐下来，止静禅定，回来观照自己的心吧！

---

① 十力：知觉处非处智力、知三世业报智力、知诸禅解脱三昧智力、知诸根胜劣智力、知种种解智力、知种种界智力、知一切至所道智力、知天眼无碍智力、知宿命无漏智力、知永断习气智力。

② 四无所畏：总持不忘，说法无畏；尽知法药，及知众生根欲性心，说法无畏；善能问答，说法无畏；能断物疑，说法无畏。

第四辑

处处莲花开

在这广大无边际的时空之中，
我们可能是渺小的，
无法含水泼熄世界燃烧的火焰，
也不能以安静来止息世界的喧吵纷扰，
但只要我们的心香光庄严，觉性遍满，
就能使世界其光遍满，无坏无杂。

飞翔的木棉子

开车从光复南路经过，一路的木棉正盛开，火燃烧了一样，再转罗斯福路、仁爱路、复兴南路、中山北路，都是正向天空招扬的木棉花。每年到这个时候，都市人就知道春天来了，也能感觉到台北不是完全没有颜色的都市。

如果是散步，总会忍不住站在木棉树下张望，或者弯下腰，捡拾几朵刚落下的木棉花，它的形状与色泽都还如新，却从树上落下了，仿佛又坠落一个春天，夏的脚步向前跨过一步。

木棉落下的声音比任何花都大，啪嗒作响，有时真能震动人的心灵。尤其是在都市比较寂静的正午时分，可以非常清晰地听见一朵木棉离枝、破风、落地的响声，如果心地足够沉静，连它落下滚动的声息都明晰可闻。

但都市木棉的落地远不如在乡下听来可惊，因为都市之木棉不会结子是人人都知道而习惯的了，因此看到满地木棉花也不觉得稀奇。在我生长的南部乡下，每一朵木棉花都会结子，落下的木棉花就显得可惊。

有一次，我住在亲戚家里，亲戚家里长了两株高大的木棉，春雷响后，木棉开满橙红的花，那种动人的景观只有整群燕子停在电线上差堪比拟。但到了夜半，坐在厢房窗前读书，突然听见木棉花落，声震屋瓦，轰然作响，扯动人的心弦。为什么南方木棉的落地，会带来那么大的震动呢？

那是由于，在南方，木棉花在开完后并不凋谢，而在树上结成一颗坚实的果子，到了盛夏，果子在阳光下噗然裂开。这时，木棉果里面的木棉子会哗然飞起，每一粒木棉子都长得像小钢珠，拖着一丝白色棉花，往远方飞去。有那些裂开时带着弹性之力，且借着风走的木棉子，可以飞数里之遥，然后下种、抽芽，长成坚强伟岸的木棉树。这是为什么在乡下广大的田野，偶尔会看见一株孤零零的木棉树——那通常是越过几里村野的一颗小小木棉子，在那里落地生根的。

所以，乡下木棉花落会引人叹息，因为它预示了有一朵花没有机会结子、飞翔、落种、成长。尤其当我们看到一朵完整美丽的花落下感到特别忧伤时，会想到：这朵花为何落下，是失去了结子的心愿呢？还是沉溺于自己的美丽而失去了力量？

这些都不可知，但我们看到城市落了满地的木棉花便感到可怕，为什么整个城市美丽的木棉花，竟没有一朵结果？更可怕的是，大部分人都以为木棉花掉落是一种必然，甚至忘记这世界上有飞翔的木棉了。

是不是，整个城市的木棉花都失去了结子与飞翔的心愿呢？

有时候，这种对自然的思考，会使我感到迷惑，就在我们这块相连的岛屿，北回归线以南的壁虎叫声非常清澈响亮，以北的壁虎却都是哑巴。若以中央山脉为界，中央山脉以西的白头翁只只白头，以东的同一种鸟却没有白头，被叫作“乌头翁”。我常常想：如果把南方会叫的壁虎带过北回归线，它还叫不叫？把西边的白头翁带过中央山脉，它的头会不会白？

可惜没有人做过这种试验，使我们留下了一些迷思。但有一个例子说不定可以给我们启发性的思考：在中央山脉走到尾端的恒春，由于没有中央山脉为界，同时生长着白头翁与乌头翁，白者自白、黑者自黑；还有沿着北回归线生长的壁虎，有会叫的，也有哑巴的，嚣者自嚣、默者自默。那么，或黑或白、或叫嚣或沉默，是不是动物自己的心愿呢？或许是的。这个答案使我们对于都市木棉花的颜色从火的燃烧顿时跌入血的忧伤，它们是失去了结子的心愿，还是对都市的生存环境做着无言的抗议呢？

当我有时开车经过木棉夹岸的道路，有些木棉滚落到路中央，车子辗过仿佛听到霹雳之声，使人无端想起车轮下的木棉花，如果在南方，它会结出许许多多木棉子，每一粒都怀抱着神奇的棉花翅膀，每一粒都饱孕着生命的力量，每一粒都怀抱着飞翔到远方的志愿……因为有了这些，每一次木棉花的开起，都如晨光预示了新的开始。都市里不能结子的木棉花，每一次开起，都宣告了一个春天即将落幕，像火红的一直坠入天际的晚霞。

有一天，我在仁爱路上拾到几朵新凋落的木棉花，捧在手上，还能感觉它在树上犹温的血。那一刻我想：一个人不管处在任何环境，都要坚持心灵深处的某些质地，因为有时生命的意义只在于说明一些最初的坚持。放弃生命的坚持的人，到最后就如城市里的木棉一样，只有开花的心情，终将失去结子飞翔的愿力。

一个人不管处在任何环境，都要坚持心灵深处的某些质地。

屋顶上的田园

连续来了几场台风，大家又为了菜价的昂贵而沸腾了，我们家是少数不为菜价烦恼的家庭。

今年春天，我坐在屋顶阳台乘凉的时候，看着空荡荡的阳台，心里想："为什么不在阳台上种点东西呢？"我想到居住在乡间的亲戚朋友，每一小片空地也都是尽量地利用，空着三十几坪（一坪约合三点三平方米）的阳台岂不是太可惜吗？

于是，我询问太太和孩子的意见："到底是种花好呢，还是种菜好？"都认为是种菜好，因为花只是用来看的，菜却能吃进肚子里，而农药问题是如此的可怕。

孩子问我："爸爸，你真的会种菜吗？"

我听了大笑起来："那是当然的啊！想想老爸是农人子弟，从小什么农作物没有种过？区区一点菜算得了什么！"

自己吹嘘半天，却也有一些心虚起来。我的祖父、父亲都是农夫，我小时候虽也有做农事的经验，但我少小离家，那已经是很遥远的事了。

种菜，首先要整地，立刻就面临要在阳台上砌砖围土的事情，这样工程就太浩大了。我和孩子一起讨论："如果我们找来三十个大花盆，每一个盆子栽一种菜，一个月之后，我们每天采收一盆，就会天天有蔬菜吃了。"

我把从前种花的时候弃置的花盆找出来，一共有十八个，再去花市买了十二个塑胶盆子。泥土是在附近的工地向工地主任要来的废土，种子是托弟媳在乡下的市场买的。没有种过菜的人，一定想不到菜的种子非常便宜，一包才十元钱，大概种一亩地都没问题。如果种一盆，种子不到一毛钱。小贩在袋子上都写了菜名；乡下的菜名和城里不同，因此搞了半天，才知道"格林菜"是"芥蓝菜"，"汤匙菜"是"青康菜"，"蕹菜"是"空心菜"，"美仔菜"是"莴苣"，那些都是菜长出来后才知道的。其实，所有的青菜都很好吃，种什么菜都是一样的。

我先把工地的废土翻松，都市里的土地从未耕种过，地力未曾使用，应该是很肥沃的，所以，种菜的初期，我们可以不使用任何肥料。我已经想好我要用的肥料了，例如淘米的水、煮面的汤、菜叶果皮，以及剩菜残羹等等。

叶菜的生长速度非常快，从发芽到采收只要三个星期的时间，几乎每天都可以因看到叶菜茂盛地生长而感到喜悦。特别是像空心菜、红凤叶、番薯叶，一天就可以长出一寸长。

我也决定了采收和浇水的方法。

一般的菜农采收叶菜，为了方便起见，都是整棵从地里拔起，我们在阳台种菜格外艰辛，应该用剪刀来采收。例如摘空心菜，每次只采最嫩的部分，其根茎就会继续生长，隔几天又可以收成了。

浇水呢？曾经自己种菜的弟弟告诉我，如果用自来水来浇灌，不只菜长不好，而且自来水费比菜价还高。我找来一些大桶子放在阳台，以便下雨时集水，平常则请太太帮忙收集淘米洗菜的水，甚至洗手洗澡的水。既是用花盆种菜，这样的水量也就够了。

种的第一批菜快要可以采收的时候，我发现菜园来了一些虫、蜗牛、蚱蜢等小动物，它们对采收我的菜好像更有兴趣、更急切。这使我感到心焦，因为我是不杀生、不使用农药的，把小虫一只一只抓走又耗去了太多时间。

有一天，一位在阳明山种兰花的朋友来访，我请他参观阳台的菜园。他说他发明了一种农药，就是把辣椒和大蒜一起泡水，一桶水里大约辣椒十个、大蒜十瓣，然后装在喷水器里，喷在花盆四周和菜叶上，又卫生无毒，又有奇效。

从此，我大约每星期喷一次自制的“农药”，果然再也没有虫害了。

自从我种的菜可以采收之后，每次有朋友来，我都摘菜请客，他们很难相信在阳台可以种出如此甜美的菜。有一位朋友吃了我种的菜，大为感慨：“在台北市，大概只有两个大人物自己在屋顶上种菜，一个是王永庆，一个是林清玄。”

我听了大笑。大人物是谈不上，不过吃自己种的青菜确实非常踏实，有成就感。

还有一次，主持《玫瑰之夜》的曾庆瑜小姐来访，看到我种的菜，大为兴奋，摘了一株红凤菜，也没有清洗，就当场大嚼起来。我想阻止她已经来不及了。如果告诉她农药和肥料的来源，她吃得一定更有“滋味”了。

从开始种菜以来，我就不再担心菜价的问题了。每有台风来的时候，我就把菜端到避风的墙边，每次也都安然度过。真感觉到微小的事物中也有幸福欢喜。

每天的早晨、黄昏，我抽出半个小时来除草、浇水、松土，一方面活动了久坐的筋骨，一方面也想起从前在乡间耕作的时光，在劳苦之中感觉到生活的踏实。

我常想，地球上的土地是造物者为了生养人类而创造的，如今却有很多人把土地作为占有与获利的工具，真是辜负了土地原有的价值。

想到一个在东京银座有块土地的日本人，将土地拿来种稻子，许多人为他不把土地盖成昂贵的楼房，而种粗贱的稻米感到不可思议，那是因为人已经日渐忘记土地的意义了。东京银座的土地还可以生长稻子，不是值得欢喜雀跃的事吗？

我在阳台上种菜是不得已的，但愿有一天能把菜种在真正的土地上。

微小的事物中也有幸福欢喜。

莲子面包与油焖香菇

住家附近的一家面包店，自行研制了一种莲子面包，把莲子磨成泥状调在吐司面包里，每天下午四点出炉的时候都是大排长龙，大家都等着吃那新鲜的温热的莲子面包。

有一天下午，我经过面包店，看到那么多人在毫不起眼的小店前排队买面包，感到十分意外，询问排队的人："是排队等着买什么呢？"

"买快要出炉的莲子面包呀！"一位中年妇人告诉我，然后她还形容了莲子面包的美味，说新鲜莲子的滋味是多么清香，"又缠又绵"，她每天下午四点的时候都会来这里买。

莲子面包虽然没有广告，显然是极有口碑的。对一向不信任广告而信任口碑的我，产生了很大的吸引力。于是我加入人龙里，耐心地等候莲子面包出炉。

一下子，戴着白帽的面包店老板兼师傅，把铁盘子端出来了。果然，屋里就飘出浓浓的莲子香味——在我的印象中，莲子是没有香味的，不知道为什么和了面包，就让我感觉那不只是面包的香味。我买了半条莲子面包，边散步边迫不及待地把面包拿出来吃，细细地品味面包中莲子的滋味。莲子面包确有非凡之处，细滑的含着水分的莲子使我想起从前在嘉义看人采收莲子的情景，白净、浑圆的莲子，有一种倾向于圆满的感觉。

我想到可颂坊的榛子面包、圣玛丽的核桃面包，以及台安医院餐厅里加了麦芽的全麦面包，好吃的可能不只是面包本身，而是面包师傅创造的心情，以及随着那心情衍生出来的感觉，使我们品味到某一些生活的芬芳。在寂寥的午后，知道某一家小面包店有一位师傅冒汗来完成、实践一种创造的心，这给我们带来了温柔的安慰。

生命，真的不能缺乏游戏；生活，则不能失去创造力。创造力随时都在，而且每个人都具有，只要在形式的、固定的、保守的那一个层面，念头一转，做一点提升与超越，创造力就可能得到实践了。面包师傅在做莲子面包时，正是一种提升和超越呀！

在家的附近还有一家素食的自助餐厅，老板娘也是个有创造力的人。她的菜色时常更换，有一次竟然做出了一道极美味的清炒凤梨。里面什么都没加，只是用油把凤梨炒到柔软适口，使酸甜的凤梨仿佛有了新生一样。

我问她为什么会想到清炒凤梨的。

她的回答令我大出意料。她说因为台风的缘故，青菜的价钱暴涨，一斤菠菜要八十元，一棵高丽菜要一百多元，拿来做自助餐成本实在太高了。突然看到小贩叫卖凤梨，一个大凤梨才十五元，想到：做个炒凤梨应该也不错吧！当天中午她就做了一道清炒凤梨，没想到反应出奇的好。隔几天，她看人卖苹果，十个一百元，那时萝卜一个四十几元，于是，她做出了一道清炒凤梨苹果，滋味比清炒凤梨更好。

她还有一道绝活，就是做油焖香菇，那是在市场上看见小贩卖香菇，那些又小又丑的香菇虽然价钱便宜，还是卖不出去。她灵机一动，就买了一袋回来，泡软、洗净，用油、酱油、小火焖，一直到将干未干之时起锅。那些小香菇的美味，我是无法形容的，在人间里，也只有慧心才能创造出这样的滋味。

可见，有创造力的心灵不管扮演什么角色，处在什么环境，都可以无遗地展现出来。可惜，由于房屋的租约到期，老板娘已经不做素食餐厅。我每次路过那个房子，就会想起她那超绝的手艺和心灵，觉得她不做自助餐，实在是人间的损失。

创造力是无所不在的，而且愈用愈出，愈用愈清明，就仿如山林中的泉水一样，凡是真实饮用过创造之泉的人，人世的苦难就好像山中溪泉边的乱石，再多的乱石也不能阻挡泉水的奔流与清澈。

创造的心情，以及随着那心情衍生出来的感觉，使我们品味到某一些生活的芬芳。

油面摊子

家附近有一个卖油面的小摊子，我平常并不太注意，有一回带孩子散步路过，看到生意极好，所有的椅子都坐满了人。

我和孩子驻足围观，这时见到卖面的小贩把油面放进烫面用的竹捞子里，一把塞一个，刹那之间就塞了十几把，然后他把叠成长串的竹捞子放进锅里烫。接着，他以迅雷不及掩耳的速度，将十几个碗一字排开，放盐、味素等佐料，很快地捞面、加汤，十来碗面煮好的时间还不到五分钟！我和孩子看呆了。更令人赞叹的是，那个煮面的老板还边与顾客聊着闲天。

在我们从面摊离开的时候，孩子突然抬起头来说："爸爸，我猜如果你和卖面的老板比赛卖面，你一定输！"

对于孩子突如其来的话，我感到莞尔，并且立即坦然承认，我一定会输给卖面的人。我说："不只会输，而且会输得很惨，这个世界上能赢过卖面老板的人大概也没有几个。"

后来我和孩子谈起，他的爸爸在这世界上是输给很多人的。

接下来的几天，就像玩游戏一样，我带着孩子到处去看工作中的人。

我们在对角的豆浆店看伙计揉面粉做油条，看油条在锅中胀大而充满神奇的美感。我对孩子说："爸爸比不上炸油条的人。"

我们到街角的饺子店，看一位山东老乡包饺子，他包饺子就如同变魔术一样，动作轻快，双手一捏，饺子个个大小如一，煮出来晶莹剔透。我对孩子说："爸爸比不上包饺子的人。"

我们在市场边看一个削梨子与芭乐的小贩，他把水果削好、切片，包成一袋一袋的，准备推到戏院去卖。他削水果时，刀子如同自手中长出，动作又利落、又优美。我对孩子说："爸爸比不上削水果的人。"

就在我们放眼这个世界的时候，如果以自我为中心，很可能会以为自己是顶尖人物，一旦我们把狂心歇息下来，用赤子之心来观照，就会发现自己是多渺小——在人群之中，若没有整个市井的护持，我们连吃一套烧饼油条都成问题呀！这是连圣贤都感叹地说"吾不如老农"，"吾不如老圃"的缘故。我们能看清自己不如人的地方的时候，就是对生命有真正信心的时候。

看到人们貌似简单事实上不易的生活动作时，我觉得每一个人都值得给予最大的敬意。努力生活的人们都是可敬佩的，他们不用言语，而以动作表达了对生命的承担。

承担，是生命里最美的东西!

我时常想，我们既然生而为人，不是草木虫鱼，就要承担，安然接受人生可能发生的一切。除了安然地面对，还能保持觉性，就是菩提了。一般人缺少的只是觉悟的菩提罢了。

在古印度人的传统观念里，只要是两条河交会的地方一定是圣地，这是千年智慧累积所得到的结论。假如我们把这个观念提炼出来，人生何尝不是如此？在人与人相会面的那一刻，如果都有很好的心来相印，互相对流，当下自己的心就是圣地了。

油面摊子是圣地，豆浆店是圣地，水果摊是圣地……到处都是圣地，只是看我们有没有足够神圣的心来应对这些人、这些地方。当然，在我们以神圣的心面对世界时，自己就有了承担，也就成为值得敬佩的人之一。

我带着孩子观察了许多地方以后，孩子感到疑惑，他问："爸爸，那么你有什么可以比得上别人呢？"

我说："如果比写文章，爸爸可能会比得上那卖油面的老板吧！"

孩子说："也不会，油面老板几分钟煮好十几碗面，爸爸要很久才写完一篇文章！"

父子俩相对大笑。

是呀，这世界有什么东西可以相比，有什么人可以相比呢？事实上，所有的比较都是一种执着！

孔雀菜

带孩子上菜市场，偶然间看到一个菜贩在卖番薯叶子，觉得特别眼熟。

番薯叶子是我童年在乡下常吃的青菜，那时或许也不能算是青菜，而是种番薯的副产品。番薯是最容易生长的作物，旧时乡间每一家都会种番薯田，尤其是稻子收成以后，为了使土地得到调节，并善用地利，总会种一些番薯，等到收成以后再播下一季的稻子。

那些年，番薯为乡间农民做了很大的贡献，好的番薯可以出售，可以果腹，以补白米的不足，较差的则可以用来养猪。番薯菜叶也是养猪用的，所以在乡下叫“猪菜”，但大人们觉得养猪也可惜，总是把嫩的部分留下来，作为佐餐的菜肴。三十年前，不太有多吃青菜的观念，只要能吃饱就很不错了，因此，番薯叶子几乎是家庭里最常见的青菜。

在市场里看到番薯叶了，忍不住对孩子说起童年关于番薯叶子的记忆，孩子专注聆听，似懂非懂，听完了，突然举起小手指着番薯叶子说：

“这应该叫孔雀菜！”

“孔雀菜？为什么要叫孔雀菜呢？”我惊奇地问。

“因为它长得真像孔雀的尾巴。”

我拿起摊子上摆着的番薯叶子，仔细端详，果然发现它的样子像极了孔雀尾巴，它的梗笔直拉高，末端的叶子青翠怒放，尤其是有一些圆形的品种，张开来，简直就是开屏时的孔雀了。

四岁孩子的观察力与想象力深深地震撼了我。在过去，番薯叶子对我是一种贫苦生活的象征，因为我和千千万万农家子弟一样，经历了物质匮乏的苦，所以看到番薯叶子，那些苦的生活汁液便被搅动了。可是对于我的孩子，他生命里还没有苦的概念，因此在最平凡最卑贱的番薯叶子里竟看见了孔雀一般的七彩之美，番薯叶子对他便成为一种美丽与快乐的启示了。

从那一次以后，我们家就把番薯叶子称为“孔雀菜”，吃的时候仿佛一切的苦难都消失了，只留下那最快乐的部分，而这平凡卑微的菜式也变得格外的高贵精美了。

可见，一个人对于苦乐的看法并不是一定，也不是永久的，就如同我现在回想童年生活，感觉到它有许多苦的部分，其实苦中有乐，而许多当年深以为苦的事，现在想起来却充满了快乐。

乞丐中的乞丐

苦乐非但随着时间空间会有不同的感受，并且也是纯主观的。在这个世界上，主观地说，可能有最苦的人或最苦的事件，可是在客观里，人的苦乐就没有“最”字了。

就像孔子的学生颜回，他居陋巷，曲肱而枕之，一箪食，一瓢饮，“人不堪其忧，回也不改其乐”。最值得注意的是“忧”和“乐”两个字，对一般人来说，颜回那么简单的生活，几乎是最苦的了，但他却不以为苦，反而觉得那是一种无上的快乐。这种境界，古来许多修习头陀苦行的禅师必然体会得最深刻。即使是近代，像人道主义者史怀哲，像伟大的教育者海伦·凯勒，像拯救印度的甘地，乃至深怀人类苦难悲愿的特蕾莎修女，他们不都是以苦为乐，成就了令人崇仰的志业吗？

痛苦和快乐是没有一定的道理的！

我记得小时候，我的父亲说过一个故事，他说从前有个乞丐，从这个乡村走到另一个乡村去乞讨金钱，路途的跋涉自不在话下，但是他在那个乡村从早到晚只讨到一点点钱，黄昏的时候他悲哀地想着："我一定是这个世界上最可怜的人了，做了乞丐还不要紧，居然走了一天路，还讨不到钱，天底下还有像我这么可怜的人吗？"

于是，他悲痛地走回他居住的乡村，但是一路上他遇到好几位乞丐，衣服比他更破烂，身体比他更瘦弱，走过来向他伸手要钱。他看到那些乞丐，忍不住百感交集落下泪来，想到：原来天底下还有比我更可怜的人！

故事的结局很老套，这位乞丐从此改变了人生观，奋发向上，终于成为一个有用的人。

这个故事留给我很深的印象，因为它有一个深刻的哲理："除非我们自认是世界上最可怜的人，否则我们一定不是最可怜的人。"苦乐乃是比较级的，没有了比较，苦乐就不会那么明显了。这个道理，梁启超曾写过一篇《惟心》，分析得最为透彻，我且引几段来看！

> 戴绿眼镜者，所见物一切皆绿；戴黄眼镜者，所见物一切皆黄；口含黄连者，所食物一切皆苦；口含蜜饴者，所食物一切皆甜。一切物果绿耶？果黄耶？果苦耶？果甜耶？一切物非绿、非黄、非苦、非甜，一切物亦绿、亦黄、亦苦、亦甜，一切物即绿、即黄、即苦、即甜。然则绿也、黄也、苦也、甜也，其分别不在物而在我，故曰"三界惟心"。
>
> 天地间之物，一而万，万而一者也。山自山，川自川，春自春，

秋自秋，风自风，月自月，花自花，鸟自鸟，万古不变，无地不同。然有百人于此，同受此山、此川、此春、此秋、此风、此月、此花、此鸟之感触，而其心境所现者百焉；千人同受此感触，而其心境所现者千焉；亿万人乃至无量数人同受此感触，而其心境所现者亿万焉，乃至无量数焉。然则欲言物境之果为何状，将谁氏之从乎？仁者见之谓之仁，智者见之谓之智，忧者见之谓之忧，乐者见之谓之乐，吾之所见者，即吾所受之境之真实相也。故曰：惟心所造之境为真实。

梁启超的文字典雅明白，让我们看到苦乐的感受其实是主观的认定，这是庄子所说“子非鱼，安知鱼之乐”的道理。梁启超还有一段谈苦乐的文章，更精确地指出苦乐非但是主观的，而且是比较的，他说：

三家村学究，得一第，则惊喜失度，自世胄子弟视之何有焉？乞儿获百金于路，则挟持以骄人，自富豪视之何有焉？飞弹掠面而过，常人变色，自百战老将视之何有焉？“一箪食，一瓢饮，在陋巷，人不堪其忧”，自有道之士视之，何有焉？天下之境，无一非可乐、可忧、可惊、可喜者，实无一可乐、可忧、可惊、可喜者。乐之、忧之、惊之、喜之，全在人心。所谓“天下本无事，庸人自扰之”，境则一也，而我忽然而乐，忽然而忧，无端而惊，无端而喜，果胡为者？如蝇见纸窗而竞钻，如猫捕树影而跳掷，如犬闻风声而狂吠，扰扰焉送一生于惊、喜、忧、乐之中，果胡为者？若是者，谓之知有物而不知有我；知有物而不知有我，谓之我为物役，亦名曰：心中之奴隶。

明白了这一层道理，苦乐又何足惧哉！

一切由己，自在安乐

从佛教的观点来看，苦乐的哲学则更可以了然，释迦牟尼在《遗教经》里有五段谈到知足：

> 汝等比丘，若欲脱诸苦恼，当观知足。知足之法，即是富乐安隐之处。知足之人，虽卧地上，犹为安乐；不知足者，虽处天堂，亦不称意。不知足者，虽富而贫；知足之人，虽贫而富。不知足者，常为五欲所牵，为知足者之所怜悯。是名知足。

佛陀进一步指出一个人快乐的来源，就是“知足”，另一个快乐的来源是“少欲”，《遗教经》另一段说：

> 汝等比丘，当知多欲之人，多求利故，苦恼亦多；少欲之人，无求无欲，则无此患。直尔少欲，尚宜修习，何况少欲能生诸功德。少欲之人，则无谄曲以求人意，亦复不为诸根所牵。行少欲者，心则坦然，无所忧畏，触事有余，常无不足。有少欲者，则有涅槃。是名少欲。

这真是智慧之言，因为能少欲无为，所以能身心自在，如果我们把心量放大，再回来看苦乐，那苦乐就更不足道。佛陀在《四十二章经》中，说出了一个悟道者的真知灼见：

> 吾视王侯之位，如过隙尘；视金玉之宝，如瓦砾；视纨素之服，如敝帛；视大千界，如一诃子；视阿耨池水，如涂足油；视方便门，如化宝聚；视无上乘，如梦金帛；视佛道，如眼前华；视禅定，如须

弥柱；视涅槃，如昼夕寤；视倒正，如六龙舞；视平等，如一真地；视兴化，如四时木。

一个人假如能悟到如此巨大伟岸，苦乐再大，也自然无波。我们虽不能像佛陀有那样深广无上的智慧，但我们可以体会那样的智慧，也就不会为世苦所染着了。我们若能自我清洗、自我把持，减少外境的干扰，则较清净喜乐的人生并不是不可能的。《大般涅槃经》里有一小段话是值得记诵的：

一切属他，则名为苦；一切由己，自在安乐。

我们所说对苦乐的真实认识，也不是那么难以达到。我有一次坐出租车，就曾被出租车司机深深地感动。那名司机原来是一家贸易公司的小主管，他服务的公司倒闭了，一时之间找不到合适的工作，只好去开出租车。他说：

“我刚开始开出租车时，心情非常郁闷苦恼，时常想到我过去曾经有大的抱负，没想到沦落到来开出租车。而且出租车不是那么容易开的，新手忙一整天所赚的钱可能还不如老手开个几小时。有一天，我早上八点就出门了，一直开到晚上十点，说起来你不相信，只赚了两百多块钱，不管怎么努力开，不是找不到客人，就是客人刚刚坐上别的出租车。那时的心情很难形容，我感觉到了人生的绝望。我沦落来开出租车已经很惨了，我想天下没有比我更悲惨的出租车司机，跑了十四个小时，只收到两百块钱，连油钱都赚不回来。我就想，自杀算了！活在这个世界上还有什么意思呢？结果正想死的时候，遇到路边发生车祸，一家三口都受伤了，两个重伤，一个轻伤，我急忙把他们送到医院去。往医院的路上，我虽然为那家人难过，但自己的心情突然开朗，觉得我是很幸运的人了，四肢完好，身体也健康，年轻力壮，还能开出租车赚钱，比起那些受伤、残废、躺在医院里的人幸福得多。”

世间何者最快乐

一个出租车司机就这样重生，因为他从生活中体会到苦乐的智慧，知道自己再苦，总有更苦的人。积极的人生观就是这样建立起来的。我们其实也很容易像出租车司机一样，体会那种苦乐转换的心境，因为那原是一体的两面。汉武帝有一首短歌，颇能道出这种心情：

欢乐极兮哀情多，

少壮几时兮奈老何！

佛经里讲到苦乐更是拨开两面，直趋究竟，认为一切的苦是“苦苦”，就是人人认为的苦，那是苦的；而一切的乐是“乐苦”，就是看出快乐也是一种苦，是一种断灭之苦，当人失去快乐的时候，就是苦了。

我们来看看佛经里的两个故事：

有四个新学比丘，一天在讨论“世间以何为最快乐”的问题。甲说：“春情美景百花争妍，身游其间，最为快乐。”乙说：“宗亲宴会，大吃特吃，最为快乐。”丙说：“多积财宝，富贵傲人，最为快乐。”丁说：“妻妾满堂，夸耀乡里，最为快乐。”

四人各执己见，争论不休，刚刚好被佛听见，就告诫他们道：“汝等学佛，未循正道修养，误以世法为乐，春景刚至，秋来摧残，有何快乐？胜会不常，盛筵易散，有何可乐？钱是五共（水浸、火烧、贼偷、子败、官没）之物，得来辛苦，散去忧虑，有何快乐？妻妾满堂，难免生怨死离，有何快乐？真正快乐，唯在解脱烦恼，证入涅槃！”

另一个故事是：从前有个信佛的普安王，请了邻国四个国王来聚餐，讨论到世间以什么事为最快乐。甲王说：“旅游最快乐。”乙王说：“和爱人在一起听音乐最快乐。”丙王说：“家财万贯、一切如意最快乐。”丁王说：“有大权力控制一切最快乐。”普安王说：“各位所说的都是痛苦之本，忧畏之源不是真正的快乐；须知乐极生悲，乐为苦薮，得势凌人，失势被辱。唯有信奉佛法，寂静无染，无欲无求，然后证道，才是人生第一乐事。”

如蜂采花，但取其味，不损色香

人世间的苦痛不外乎贫穷、疾病、孤独、死亡、爱欲不能圆满等等，这原是无可如何之事，但如果我们能往前回溯，心情一如赤子，则番薯菜叶也自有孔雀开屏的风采，自然能活得多一点点心安、多一点点自在。

在无穷的岁月里，我们今生的百年只是一瞬间，在这一瞬间，我们如果能多认识自我的心灵，少一点名利的追逐；多一些境界的提升，少一点物欲的沉沦，那么过一个比较知足快乐的生活并不太难。忘乎苦乐的出世观照非寻常人能够具备，但入世生活如果能依佛所说：“于好于恶，勿生增减……如蜂采花，但取其味，不损色香。”一方面体会生命的种种滋味，一方面浅尝即止，不使自己受到伤害，则面对或苦或乐时，也能坦然处之了。

多认识自我的心灵，少一点名利的追逐；多一些境界的提升，少一点物欲的沉沦。

弹性的生命

桶底脱时大地阔，
命根断处碧潭清。
好将一点红炉雪，
散作人间照夜灯。

——大慧宗杲禅师

最近读到一册《五百罗汉》的白描图鉴，非常受感动。那五百个罗汉形貌各自不同，但都目光炯炯、精神奕奕，让我感觉到罗汉有一种生命的弹性与厚度。

漫画家蔡志忠现在也在做五百罗汉的创作，已经画出来的几十幅都保有罗汉的弹性生命的特质。记得蔡志忠曾画过两册禅的漫画，一本是《禅说》，一本是《曹溪的佛唱》，里面的祖师形貌也画得很好，每一位都非常生动而有幽默感。

我在读这些图册时，常常会感慨：人的弹性生命似乎比从前削弱得多了。表面上看来，我们比“原始的人”拥有更多的东西，至少像汽车、电视、电话、传真机等等都是从前的人不会有的，而古代人也不会像我们这样有满橱的衣服和满柜子的鞋子（除非是皇亲贵族）。

如果把我们所拥有的事物都看成是我的一部分，身心的部分称为“内在的自我”，身心之外的一切衣食住行称为“外部的自我”，外部的自我都是由于内在的欲望而呈现的。我们可以这样说：一个人的外部自我越强化，负担就越重，生命的弹性也就越小。这种因为外部自我而淹没内在自我的情况，在佛教里有一个比喻，就是“如蛇吞其尾”：一条蛇吞下它的尾巴，就会形成一个圆圈，蛇越是吞咽自己的尾巴，圆圈便越缩小，后来变成一个小点，最后就完全消失了。蛇愈努力吞咽自己的尾巴，死亡就愈是迅速。这个比喻里的死亡，指的是“完整自我的死亡”。

在现代社会，外部自我的扩张常使我们误以为外部的自我才是重要的，反而失去对内在自我的体验与观察。

例如，许多人去征服玉山、喜马拉雅山，却很少人有攀登自己内心高峰的经验；

例如，许多人足迹踏遍全世界，却很少人做内在的冥想旅行；

例如，许多人每天要看报、读书、听广播，却很少人听见自己内在的声音；

……

有了更多的外部自我，使人有世俗化的倾向。外面愈鲜彩艳丽，内在更麻木不仁；外面愈喧腾热闹，内在更空虚寂寞；认识的人愈来愈多，情感却愈来愈冷漠……人到后来几乎是公式化地活在世上，失去了天生的感受，失去了生命的弹性。

日本禅学者阿部正雄曾评述这种现象说：我们现代人正在失去尽情欢乐或尽情悲哀的能力，现代人在生命深处，既不会哭，也不会笑。相反地，原始人或古代人尽管对自然界、社会和历史进程的知识所知有限，也无法摆脱与生俱来的根本忧虑，我却感到他们对自己在宇宙中的存在有着全面而完整的理解，他们对自己的灵魂有着真诚和敏锐的感受。因此，他们可以更真切地感受到喜怒哀乐。现在，伴随高度发展的科学技术，受制于复杂的政治经济体制，人已经变得支离破碎。

想想也对，我们每天起床，一部分时间交给工作，一部分时间交给电脑，一部分时间交给电视和报纸……我们还有什么完整的时间呢?

时间就是生命的元素，时间里没有弹性，生命的弹性自然受到压抑，甚至失去了。我们如果要恢复生命的弹性，就要减少“外部自我”的负荷，放下许多不必要的欲望，那就像蛇把尾巴吐出来一样，等到尾巴完全吐出来，蛇就自由了。

外在自我一旦减到最轻，内在自我就会得到革新、澄洗而显露，如云彩散后，雪霁初晴的天空一样。

看到蔚蓝天空的污染，第一步要做的就是，把外部自我的云彩一朵一朵地清扫干净啊!

无风絮自飞

在我们家乡有一句话，叫“菜瓜藤，肉豆须，分不清”。意思是丝瓜的藤蔓与肉豆的茎须一旦纠缠在一起，是无法分辨的。

因此，像兄弟分家的时候，夫妻离婚的时候，有许多细节部分是无法处理的，老一辈的人就会说：“菜瓜藤与肉豆须，分不清呀！”还有，当一个人有很多亲戚朋友，社会关系异常复杂的时候，也可以用这一句来形容；以及，一个人在过程中纠缠不清，甚至看不清结局之际，也可以用这一句来形容。

生活在都市的人很难理解到这九个字的奥妙，因为他们没有机会看到丝瓜与肉豆藤须缠结的样子。乡下人谈到人事难以理清的真实情境，提到这句话都会禁不住莞尔，因为丝瓜与肉豆在乡间是最平凡的植物，几乎家家都有种植。

我幼年时代，院子的棚架下就种了许多丝瓜和肉豆。看到它们纠结错综，我常常会惊异万分——真的是肉眼难辨！现在回想起来，感觉到，现代人复杂得难以理清的人际关系，确实像这两种植物藤蔓的缠结。

想找到丝瓜与肉豆的根与果是不难的，但要在生长的过程中分辨就非常困难了。有一次我发了笨心，想要彻底地分辨两者的不同，却把丝瓜和肉豆的茎叶都扯断了。

父亲看见了觉得很好笑，对我说："即使你能分辨这两株植物又有什么意义呢？你只要在它们的根部浇水施肥，好好地照顾它们，等到丝瓜和肉豆长出来，摘下来吃就好了。丝瓜和肉豆都是种来食用的，不是种来分辨的呀！"

父亲的话给了我很好的启示：在人生一切关系的对应上也是如此，一个人只要站稳脚跟，努力向上生长，有时不免和别人纠缠，又有什么要紧的呢？不忘失自己的立场与尊严，最后就会结出果实来。当果实结成的时候，一切的纠缠就不重要了。

另外一个启示就是自然，万事万物都有其自然的法则，依循这自然的发展，常常回头看看自己的脚跟，才是生命成长的正常态度。种什么样的因会结出什么样的果，是必然的。丝瓜虽与肉豆无法分辨，但丝瓜是丝瓜，肉豆是肉豆，这是永远不会变的，我们能做的就是让丝瓜长出好的丝瓜，让肉豆结出肥硕的肉豆！

丝瓜是依自然之序而生长结果，红花是这样红的，绿叶也是这样绿的，没有人能断绝自然而超越地活在世界上。此所以禅师说："不雨花犹落，无风絮自飞。"花与絮的飞落不是因为风雨，而是它已进入了生命的时序。

日本的道元禅师到中国习禅，归国后，许多人问他学到了什么，他说："我已真正领悟到眼睛是横着长，鼻子是竖着长的道理，所以我空着手回来。"

听到的人无不大笑，但是他们的笑声都立刻冻结了，因为他们之中没有人知道为何鼻子直着长而眼睛横着长。这使我们知道，禅心就是自然之心，没有经过人生庄严的历练，是无法领会其中真谛的呀！

种什么样的因会结出什么样的果，是必然的。

桃花心木

乡下老家屋旁，有一块非常大的空地，租给人家种桃花心木的树苗。

桃花心木是一种特别的树，树形优美，高大而笔直。从前老家林场种了许多，已长成几丈高的一片树林，所以当我看到桃花心木仅及膝盖的树苗，有点难以相信自己的眼睛。

种桃花心木的是一个个子高大的人，他弯腰种树的时候，感觉就像插秧一样。

树苗种下以后，他常来浇水，奇怪的是，他来得并没有规律，有时隔三天，有时隔五天，有时十几天来一次；浇水的量也不一定，有时浇得多，有时浇得少。

我住在乡下时，天天都会在种有桃花心木树苗的小路上散步，种树苗的人偶尔会来家里喝茶，他有时早上来，有时下午来，时间也不一定。

我愈来愈感到奇怪。

更奇怪的是，桃花心木树苗有时就莫名其妙地枯萎了。所以，他来的时候总会带几株树苗补种。

我起先以为他太懒，隔那么久才给树浇水。但是，懒的人怎么会知道有几棵树枯萎了呢？

后来我以为他太忙，才会做什么事都不按规律。但是，忙的人怎么可能做事那么从从容容？

我忍不住问他：到底应该什么时间来？多久浇一次水？桃花心木为什么会无缘无故枯萎？如果每天来浇水，桃花心木应该不会这么容易就枯萎吧？

种树的人笑了，他说：“种树不是种菜或种稻子，种树是百年的基业，不像青菜，几个星期就可以采收。所以，树木自己要学会在土地里找水源，我浇水只是模仿老天下雨。老天下雨是算不准的，它几天下一次？上午或下午？一次下多少？如果无法在这种不确定中汲水生长，树苗很自然就枯萎了。但是，只要是能在不确定中找到水源、拼命扎根的树，长成百年的大树就不成问题了。”

种树的人语重心长地说：“如果我每天都来浇水，每天都定时浇一定的量，树苗就会养成依赖的心，根就会浮生在土地的浅层，无法深入地下。一旦我停止浇水，树苗会枯萎得更多；幸运存活的树苗，遇到狂风暴雨，也是一吹就倒了。”

种树人的一番话，使我非常感动，想到，不只是树，人也是一样，在不确定中生活，比较经得起生活的考验，会锻炼出一颗独立自主的心。在不确定中，我们深化了对环境的感受与情感的觉知，就能学会把很少的养分转化为巨大的能量，努力生长。

现在，窗前的桃花心木树苗已经长得与屋顶等高，是那么优雅而自在，宣告着自主的生命。

种树的人不再来了，桃花心木也不会枯萎了。

心田上的百合花开

在一个偏僻遥远的山谷里，有一片高达数千尺的断崖。不知道什么时候，断崖边上长出了一株小小的百合。

百合刚刚诞生的时候，长得和杂草一模一样。但是，它心里知道自己并不是一株野草。它的内心深处，有一个内在的、纯洁的念头：我是一株百合，不是一株野草。唯一能证明我是百合的办法，就是开出美丽的花朵。有了这个念头，百合努力地吸收水分和阳光，深深地扎根，直直地挺着胸膛。

终于，在一个春天的早晨，百合的顶部结出了第一个花苞。

百合的心里很高兴，附近的杂草却都不屑，它们在私底下嘲笑着百合：“这家伙明明是一株草，偏偏说自己是一株花。还真以为自己是一株花！我看它顶上结的不是花苞，而是头上长瘤了。”

公开的场合，它们讥笑百合：“你不要做梦了，即使你真的会开花，在这荒郊野外，你的价值还不是跟我们一样？”

偶尔也有飞过的蜂蝶鸟雀，它们也会劝百合不用那么努力开花：“在这断崖边上，纵然开出世界上最美的花，也不会有人来欣赏呀！”

百合说：“我要开花，是因为我知道自己有美丽的花；我要开花，是为了完成作为一株花的庄严使命；我要开花，是由于自己喜欢以花来证明自己的存在。不管有没有人欣赏，不管你们怎么看我，我都要开花！”

在野草和蜂蝶的鄙夷下，野百合努力地释放着内心的能量。有一天，它终于开花了，它那灵性的洁白和秀挺的风姿，成为断崖上最美丽的颜色。

这时候，野草与蜂蝶，再也不敢嘲笑它了。

百合花一朵朵地盛开着，它的花瓣上每天都有晶莹的水珠，野草们以为那是昨夜的露水，只有百合自己知道，那是极深沉的欢喜所结的泪滴。

年年春天，野百合努力地开花、结籽。它的种子随着风，落在山谷、草原和悬崖边上，以至于到处都开满洁白的野百合。

几十年后，远在千百里外的人，从城市、乡村，千里迢迢赶来欣赏百合花。许多孩童跪下来，闻嗅百合花的芬芳；许多情侣互相拥抱，许下了“百年好合”的誓言；无数的人看到这从未有过的美，触动内心那纯洁温柔的一角，感动得落泪。

那里，被人们称为“百合谷地”。

不管别人怎么欣赏，满山的百合都谨记着第一株百合的教导：“我们要全心全意默默地开花，以花来证明自己的存在。”

第五辑

以爱为灯

再微小的事物，
也可以作为感情的表达；
而再贫苦的生活，
也因为这种表达而显现出幸福的面貌。

鳝鱼骨的滋味

在北京，刚刚飘起小雪的日子，听说更北的地方还有一波寒流将至。北京人对北方来的沙尘暴感到厌烦，对寒流则是早有准备。

围炉吃火锅，是对寒流最好的准备了。在水汽蒸腾的火锅店，人人面红耳赤，有的还冒着大汗，吐出的烟气则在玻璃落地窗上结成浓浓的雾，外面的景物一时隐去，只剩下明灭的车灯疾驰照射。

我喜欢雾气迷离的火锅店的感觉，尤其是没有太多现代装潢的火锅店，依稀使人回到朴素而单纯的年代，没有那么多的商业，没有那么多的庸俗，没有那么多的烦琐与刻板。

有的，只是一片活气。

北京的朋友知道我喜欢吃火锅，特地带我去一家城西的老店，红灯笼、黄木板，每一桌上都有一口热气腾腾的铜锅。锅子的烟囱高耸，烟囱的盖子大开，烧滚的锅子热气滚滚，弥漫在整个屋子。

朋友点了一个大号的酸菜白肉锅，加了几盘羊肉、一些牛肉卷饼，然后把菜单推到我面前，叫我点一些菜。

我点了几个菜，特别点了爆炒黄鳝和韭黄炒鳝。

跑堂的过来，看了看菜单，好意地探询：“先生，您点了两道鳝鱼呢！”

“对了，我喜欢吃鳝鱼！”

北京厨子炒的鳝鱼果然美味，香、脆、鲜美，骨头也剔得干净，没有一点渣子。

“老师怎么爱吃鳝鱼呢？”北京的朋友问。

我沉思了一下，就在水汽淋漓的火锅店里，简单地说起一段往事。

小时候，我家门前的“亭仔脚”（就是屋檐下）摆了一个鳝鱼摊子，专卖炒鳝鱼和鳝鱼面。摊子黄昏才开张，那正是我放学返家的时间，我远远就会看到爆炒鳝鱼的大烟，嗅觉似乎与视觉同时抵达，香味猛然飘进我的鼻子，把我勾到摊子前面，我便低着头绕过巷子，回到家里。

为什么要低着头呢？

因为炒鳝鱼的价钱很高，我们根本吃不起。不要说炒鳝鱼，连鳝鱼面也吃不起。我们家兄弟姐妹很多，一人吃一碗面，恐怕是一星期的饭钱了。

这还不打紧，妈妈经常向卖鳝鱼的妇人央求拜托：杀了鳝鱼剩下的骨头，一定要留给我们！妈妈深信鳝鱼的骨头充满钙质，还有各种维生素，对我们这些正在成长的孩子，大有帮助。

每天晚上，妈妈总会从鳝鱼摊提回一大袋的骨头，洗也不洗就丢到大锅里熬煮。

“为什么洗也不洗？”

因为，妈妈说鳝鱼骨头上还带着鲜血，那是最为滋补的，洗净多么可惜！

熬过两三个小时，鳝鱼骨头几乎在锅中化完，汤水变成咖啡色，水面上浮着油花，这时，妈妈会撒一把葱花，关火。

鳝骨汤熬成时，夜已经深了。

妈妈把我们叫到灶间，一人一碗汤，再配上她在另一家面包店要来的面包皮，在锅里烤热了，变成香味扑鼻的饼干。我们细细地咀嚼面包皮，配着清甜香浓的鱼骨汤，深深感觉到生活的幸福。虽然吃不起鳝鱼与面包，但是鳝鱼与面包是有钱就吃得到，鳝鱼骨和面包皮却是只有深爱我们的妈妈才做得出来。

只要卖鳝鱼的来摆摊，我们一定会喝鳝鱼骨汤。奇怪的是，我从来没有喝腻过，而且一直觉得这是人间至极的美味。

妈妈担心我们会吃腻，有时会在汤里加点竹笋，或下点蛋花；有时会用豆腐红烧，或与萝卜同卤……用的固然都是普通的食材，却充满了美味的魔术。

最神奇的，算是炸鳝鱼骨了。

鳝鱼骨本来是歪曲扭动的，下油锅时忽然就被拉直了，一条一条就像薯条一样，起锅时撒一些胡椒、盐，香、酥、脆，真是美味极了。

我吃了好几年的鳝鱼骨头，一直到我到外地念书。偶然回到乡下，喝到妈妈亲手熬的汤，总是觉得美味如昔，心中更是充满了感动。妈妈把深情与爱熬进了那平凡的汤里，使我们身强体健。在普遍营养不良的乡下孩子中，我们总是气色红润，精神饱满。

“也许是小时候吃不到鳝鱼，长大之后，只要到馆子吃饭，看到有卖鳝鱼，总会点两道来吃，一边吃一边怀念那一段艰苦的岁月。”我对北京的朋友说。

大家听得入神，纷纷夹起鳝鱼，细细咀嚼。当然，有故事加味，鳝鱼也变得别有滋味了。

吃完火锅，在飘着小雪的北京街头漫步，想到我们的生命正是这些看似微贱的东西，累积出一些无价的意义，使我们感到丰盈。谁能告诉我鳝鱼骨头一斤多少钱？面包皮一袋多少钱？市场里捡来的青菜一斤多少钱？

只要有爱，就是无价的。

我想到，也是飘着细雪的寒夜，我在日本旅行，搭巴士从大阪到东京，在中途的休息站，有小摊在卖“炸鳗鱼骨”。

原来，日本人爱吃鳗鱼饭，剔出来的鳗鱼骨弃之可惜，有人收集鳗鱼骨油

炸出售，竟成许多人爱吃的美食，甚至在日本有很多连锁店。

我买了一包，坐上巴士，继续去往东京的旅途。车子高速前进，我品尝着这包五百元日币的鳗鱼骨，大为吃惊——与我的妈妈炸的鳝鱼骨，滋味一模一样，香、酥、脆。

巴士高速前进，公路边的灯火如流，思及岁月也是如流，生命里也有许多忧伤的寒夜。我强烈地想念妈妈，想念妈妈如何勤俭持家、照护我们长大，想念鳝鱼骨的滋味。

妈妈早已离世，在异国的雪夜中，我想到再也喝不到清炖的鳝鱼骨汤，再也不能，一口一口，细细体会妈妈的深情。

想着想着，我的眼泪一滴一滴地落下，像窗外的雪花。

长途跋涉的肉羹

在我读小学五年级的时候，有一次看见爸爸满头大汗从外地回来，手里提着一个用草绳绑着的全新的铁锅。他一面走，一面召集我们："来，快来吃肉羹，这是爸爸吃过的最好吃的肉羹。"他边解开草绳，边说起那一锅肉羹的来历。

爸爸到遥远的凤山去办农会的事，中午到市场吃肉羹，发现那个小摊上的肉羹非常的美味，他心里想着："但愿我的妻儿也可以吃到这么美味的肉羹呀！"

但是那个时代没有塑料袋，要外带肉羹真是困难的事。爸爸随即到附近的五金行买了一个铁锅，并向店家要了一根草绳，然后转回肉羹摊，买了满满一锅肉羹，用草绳绑好，提着回家。当时交通不便，从凤山到旗山的道路颠簸不平，平时不提任何东西坐客运车都会晕头转向、灰头土脸，何况是提着满满一锅肉羹呢？

把整锅肉羹夹在双腿间、坐客运车回转家园的爸爸，那种惊险的情状是可以想见的。虽然他是那么小心翼翼，肉羹还是溢出不少，回到家，锅外和草绳上都已经沾满肉羹的汤汁了，甚至爸爸的长裤也湿了一大片。

锅子在我们的围观下打开，肉羹只剩下半锅。妈妈为我们每个孩子盛了半碗肉羹，也为自己盛了半碗。由于我们知道这是爸爸千辛万苦从凤山提回来的肉羹，吃的时候就有一种庄严、欢喜、期待的心情，一反我们平常狼吞虎咽的样子，一小口一小口地品尝那长途跋涉、饱含着爱，还有着爱的余温的肉羹。

爸爸开心地坐在一旁欣赏我们的吃相，露出他惯有的开朗的笑容。妈妈边吃肉羹边说："这凤山提回来的肉羹真好吃！"爸爸说："就是真好吃，我才会费尽心机提这么远回来呀！这铁锅的价钱是肉羹的十倍呀！"当爸爸这样说的时候，我感觉温馨的气息随着肉羹与香菜的味道，充塞了整个饭厅。不，那时我们不叫饭厅，而是灶间。

那一年，在幽暗的灶间，在昏黄的烛光灯火下吃的肉羹是那么美味。过了三十几年，我还没有吃过比那更好吃的肉羹。因为那肉羹加了一种特别的佐料，是爸爸充沛的爱以及长途跋涉的表达呀！

这使我真实地体验到，光是充沛的爱还是不足的，与爱同等重要的是努力的实践与真实的表达，没有透过实践与表达的爱，是无形的、虚妄的。

我想，这就是爸爸妈妈那一代人，他们的爱那样丰盈真实，却从来不说"我爱你"，甚至终其一生没有说过一个"爱"字的理由吧！

爱是佐料，要加在肉羹里，才会更美味。自从吃了爸爸从凤山提回来的肉羹，每次我路过凤山，都有一种亲切之感。这凤山，是爸爸从前买肉羹的地方呢！

我的父母都是善于表达爱的人，因此，在我很年幼的时候，就知道再微小的事物，也可以作为感情的表达；而再贫苦的生活，也因为这种表达而显现出幸福的面貌。

幸福常常隐藏在平常的事物中，只要加一点用心，平常事物就会变得非凡、美好、庄严了；只要加一点用心，凡俗的日子就会变得可爱、可亲、可想念了。就像不管我的年岁如何增长、不论我在天涯还是海角，只要想到爸爸从凤山提回来的那一锅肉羹，心中依然有三十年前的汹涌热潮在滚动。肉羹可能会冷，生命中的爱与祝愿，永远是热腾腾的；肉羹可能在动荡中会满溢出来，生活里被珍藏的真情蜜意，则永不逝去。

在起步之初，我们会害怕，会无所适从，会畏惧受伤，
但是人生的火一定要过。

过 火

冬天刚刚走过，春风蹑足敲门的时节，天气像是晨荷巨大叶片上浑圆的露珠，晶莹而明亮，台风草和野姜花一路上微笑着向我们招呼。

妈妈一早就把我唤醒了，我们要去赶一场盛会。在这次妈祖生日盛会里有一场过火的盛典；早在几天前我们就开始斋戒沐浴，妈妈常两手抚着我瘦弱的肩膀，幽幽地对爸爸说：“妈祖生日时要带他去过火。”

“火是一定要过的。”爸爸坚决地说。他把锄头靠在门侧，挂起了斗笠，长长叹一口气，然后我们没有再说什么话，就围聚起来吃着简单的晚餐。

从小，我就是个瘦小而忧郁的孩子，每天跋山涉水并没有使我的身体强健，父母亲长期垦荒拓土的恒毅坚忍也丝毫没有遗传给我。

爸爸曾经为我做过种种努力，他一度希望我成为好猎人，每天叫我背着水壶跟他去打猎，我却常在见到山猪和野猴时吓得失声大哭，使得爸爸几度失去他的猎物。然后爸爸就撑着双管猎枪紧紧搂抱着我，他的泪水濡湿我的肩胛，喃喃地说：“怎么会这样，怎么会生出这样的孩子……”

他又寄望我成为一个农夫，常携我到山里工作，我总是在烈日炙烤下昏倒在正需要开垦的田地里，也时常被草丛中窜出的毒蛇吓得屁滚尿流，爸爸不得不放下锄头跑过来照顾我。醒来的那一刻我总是听到爸爸长长而悲伤的叹息。

我也天天暗下决心要做一个男子汉，慢慢地，我变得硬朗了，爸妈也露出欣慰的笑容，可是他们的努力和我的努力一起崩溃了，在我孪生的弟弟七岁那年死的时候。

眼见和自己一模一样的弟弟死去，我竟也像死去了一半，失去了生存的勇气。我变成一个失魄的孩子，每天眉头深结，形销骨立。所有的医生都看尽了，所有的补药都吃尽了，换来的仍是叹息和眼泪。

然后爸爸妈妈想到神明。想到神明好像一切希望都来了。

神明也没有医好我，他们又祈求十年一次的大过火仪式，可以让他们命在旦夕的儿子找到一丝生命的火光。

我强烈地思念弟弟，他清俊的脸容常在暗夜的油灯中清晰出来，他的脸刀凿般深刻，连唇都有血一样的色泽。我们曾脐带相连地度过许多快乐和凄苦的岁月，我念着他，不仅因为他是我的兄弟，而是我们生命血肉的最根源处紧紧相连。

弟弟的样貌和我一模一样，个性却不同。弟弟强韧、坚毅而果决，我忧郁、畏缩而软弱。如果说爸爸妈妈是一间使我们温暖的屋宇，弟弟和我便是攀爬而上的两种植物。弟弟是充满霸气的万年青，我则是脆弱易折的牵牛，两者虽然交缠得分不出面目，但又截然不同：万年青永远盎然，充满炽盛的绿意；牵牛则常开满忧郁的小花。

刚上一年级，弟弟在上学的长途中常常负我涉水过河。当他在急湍的河水中苦涉时，我只能仰头看白云缓缓掠过。放学回家，我们要养鸡鸭，还要去割牧草，弟弟总是抢着做工，把割来的牧草与我对分，免得我回家收到爸妈责备的目光。

弟弟也常为我的懦弱吃惊，每次他在学校里打架输了，总要咬牙恨恨地望我。有一回，他和班上的同学打架，我只能缩在墙角怔怔地看着，最后弟弟打输了，跌坐在地上，嘴角淌着细细的血丝，无限哀怨地凝视着他无用的哥哥。

我撑着去扶他，弟弟一把推开我，狂奔出教室。

那时已是秋深了，相思树的叶子黄了，灰白的野芒草在秋风中杂乱地飞舞，弟弟拼命奔跑，像一只中枪后惊惶而狂怒的白鼻心，要借着狂跑吐尽心中的最后一口气。

“宏弟！宏弟！”

我嘶开喉咙叫喊。弟弟一口气奔到黑肚大溪，终于力尽了颓坐下来，缓缓地躺卧在溪旁，我的心凹凸如溪畔团团围住弟弟的乱石。

风，吹得很急。

等我气喘吁吁赶到，看见弟弟脸上已爬满了泪水，一张脸湿乎乎的，嘴边还凝结着褐暗色的血丝，脸上的肌肉紧紧地抽着，像是我们农田里用久了的泵。

我坐着，弟弟躺卧着，夕阳斜着，把我们的影子投照在急速流去的溪中。弟弟轻轻抽泣很久，抬头望着天云万叠的天空，低哑着声音问：“哥，如果我快被打死了，你会不会帮助我？”

之后，我们便紧紧相拥放声痛哭，哭得天都黄昏了，听见溪水潺潺，才一言不发走回家。

那是我和弟弟最后的一个秋天，第二年他便走了。

爸爸牵我左手，妈妈执我右手，在金光万道的晨曦中，我们终于出发了。一路上远山巅顶的云彩千变万化，我们朝着阳光的方向走去，爸爸雄伟的躯体和妈妈细碎的步子伴随着我。

从山上到市镇要走两小时的山路，要翻过一座山涉过几条溪水。因为天早，一路上雀鸟都被我们的步声惊飞，偶尔还能看见刺竹林里松鼠忙碌的跳跃。我们没有说什么话，只是无声默默前行。一直走到黑肚大溪，爸爸背负我涉到水的对岸，突然站定，回头怅望迅即流去的溪水，隔了一会儿说：

“弟弟已经死了，不要再想他。”

“爸爸今天带你去过火，就像刚刚我们走水过来一样，你只要走过火堆，一切都会好转。”

爸爸看到我茫然的眼神，勉强微笑说：

“只不过是一个小小的火堆罢了。”

我们又开始赶路，我侧脸望着母亲手挽花布包袱的样子，她的眼睛里一片绿，映照出我们十几年垦拓出来的大地，两只眼睛水盈盈的。

我走得慢极了，心里只惦想着家里养的两只蓝雀仔。爸爸索性把我负在背上，愈走愈快，甚至把妈妈丢在远远的后头了。

穿过相思树林的时候，我看到远方小路尽头处有一片花花的阳光。

一个火堆突然莫名地闪过我的脑际。

抵达小镇的时候，广场上已经聚集了黑压压的人群，这是小镇十年一次的做醮，沸腾的人声与笑语嗡嗡地响动。我从架满肥猪的长列里走过，猪头张满了蹦起的线条，猪口里含着新鲜金橙色的橘子，被剖开肚子的猪仔们竟微笑着一般，怔怔地望着溢满欣喜的人群。

广场的左侧被清出一块光洁的空地，人们已经围聚在一起，看着空地上正猛烈燃烧的薪柴。爸爸告诉我那些木材至少有四千斤。火舌高扬，冲上了湛蓝的天空，在毕毕剥剥的材裂声中我仿佛听见人们心里狂热的呼喊。人人的脸蛋都被烘成了暖滋滋的红色，两个穿着整齐衣着的人正手拿丈长的竹竿挑着火堆，挑一下，飞扬起一阵烟灰，火舌马上又追了上来。

一股刚猛的热气扑到我脸上，像要把我吞噬了。妈妈拉我到怀中，说：“不要太靠近，会烫到。”正在这时，广场对角的戏台咚咚锵锵地响起了锣鼓，扮仙开始，好戏就要开锣了。

咚咚锵锵，咚咚锵。柴火慢慢小了，剩下来的是一堆红通通的火炭，裂成大大小小一块块，堆成一座火热的炭山。我想起爸爸要我走火堆，看热闹的心情好像一下子被水浇灭了。

“司公来了！司公来了！”人群里响起一阵呼喊，壅塞的人群眼睛全望向相同的方向，一个身穿黑色道袍头戴黑色道帽的人走来，深浓的黑袍上罩着一件猩红色的绸缎披肩，黑帽上还有一枚鲜红色的帽粒。

人群让开一条路，那个又高又瘦的红头道士踏着八卦步一摇一摆地走进来，脸像一张毫无表情的画像。

人们安静下来了。

我却为这霎时的静默与远处噪闹的锣鼓而微微地颤抖。

红头道士做法事的另一边，一个赤裸上身的人正颤颤地发抖，颤动的狂热使人群的焦点又注视着他。爸爸牵我过去，他说那是神的化身，叫作童乩。

童乩吐着哇哇不清的语句，他的身侧有一个金炉和一张桌子，桌上有笔墨和金纸。他摇得太快，使我的眼睛花乱了。他提起笔在金纸上乱画一遍，有圈、有钩、有直，我看不出那是什么。爸爸领了一张，装在我的口袋里，说可以保佑我过火平安，平安装在我的口袋里便可以安心去过火了。

呜——呜——呜！呜！

远远望去，红头道士正在木炭堆边念咒语，烟雾使他成为一个诡异的立体，他左手持着牛角号，吹出了低沉而令人惊撼的声音，右手的一条蛇头软鞭用力抽打在地上，发出“啪啪”的响声。鞭声夹着号角声，人人都被震慑住了。

爸爸说，那是用来驱赶邪鬼的。

后来，道士又拿来一个装了清水的碗和盛满盐巴的篮子，他含了一口水，“噗”一声喷在炭上，“嗤——”，一阵水烟蒸腾起来。他口中喃喃，然后把一篮盐巴遍洒在火堆上。三乘小轿在火堆旁绕圈子，有人拿长竹竿把火堆铺成一丈长四尺宽的火毡，几个精壮的汉子用力拨开人群，口里高呼着："请闪开，过火就要开始了。"

三乘小轿越转越快，转得像飞轮一样。

妈妈紧紧抱我在怀中。

三乘小轿的轿夫齐声呼喝，便顺序跃上火毡，"嗤"一声，我的心一阵紧缩。他们跨着大步很快地从火毡上跑过去，着地的那一刻，所有人都从梦般的静默里惊呼起来，一些好事的人跑过去看他们的脚，这时，轿夫笑了。

"火神来过了，火神来过了。"许多人忍不住狂呼跳叫。

红头道士依然在火堆旁念着神秘的、不可知的、像响自远天深处的咒语。

过火的乡人们都穿着一式的汗衫短裤，露出黝黑而多毛的腿，一排排的腿竟像冒着白烟，蒸腾着生命的热气。

那些腿都是落过田水的，都是在炙毒的阳光和阴诈的血蛭中慢慢长成，生活的熬炼就如火炭一直铸着他们——他们那样的兴奋，竟有点像去赶市集一样。人人面对炭火总是有些惊惶，可是老天有眼，他们相信这一双肉腿是可以过火的。

十二月天，冷酸酸的田水，和春天火炙炙的炭火并没有不同，一个是生活的历练，一个是生命的经验，都只不过是农人与天运搏斗的一个节目。

轿子，一乘乘地采取同样的步姿，夸耀似的走过火堆。

爸爸妈妈紧紧牵着我，每当"嗤"的声音响起，我的心就像被铁爪抓紧一般，不能动弹。

司锣的人一阵紧过一阵地敲响锣鼓。

轿夫一次又一次将他们赤裸的脚踝埋入红艳艳的火毡中。

随着锣鼓与脚踝的乱蹦乱跳，我的心也变得仓皇异常，想到自己要迈入火堆，像是陷进一个恐怖的海上噩梦，抓不到一块可以依归的浮木。

一张张红得诡谲的玄妙的脸闪到我的眼睫来。

我抓紧爸妈微微渗汗的手，思及弟弟在天地的风景中永远消失的一幕，他的脸像被火烤焦的紫红色，头一偏，便魔魇也似的去了，床侧焚烧的冥纸耀动鬼影般的火光。

在火光的交叠中，我看到领过符的乡民一一迈步跨入火堆。

有的步履沉重，有的矫捷，还有仓皇跑过的。

我看到一位老人背负着婴儿走进火堆，他青筋突起的腿脚毫不迟疑地埋进火中，使我想起庙顶上红绿交揉的庄严画像。爸爸告诉我，那是他重病的小儿子，神明用火来医治他。

咚咚锵锵，咚咚锵。

远处的戏锣声和近处的锣鼓声竟交缠不清了。

“阿玄，轮到你了。”妈妈用很细的声音说。

“我——，我怕。”

“不要怕，火神来过了，不要怕。”

爸妈推着我就要往火堆上送。

我抬头望望他们，央求地说：“爸，妈，你们和我一起走。”

“不行，只有你领了符。”爸爸正色道。

锣声响着。

火光在我眼前和心头交错。

爸妈由不得我，便把我架走到火堆的起点。

“我不要，我不要——”我大声号哭起来。

“走，走！”爸爸吼叫着。

“我不要——”

“妈——”

我跪了下来，紧紧抱住妈妈的腿，泪水使我什么都看不见了。

“没出息。我怎么会生出这种儿子，给我丢脸！今天你不走，我就把你打死在火堆上。”爸爸的声音像夏天午后的西北雨雷，嗡嗡响动。我抬头看，他脸上爬满泪水，重重地把我摔在地上，跑去抢起道坛上的蛇头软鞭，“啪”的一声抽在我身旁的地上，溅起一阵泥灰。

“我打死你！我打死你！林姓的祖先作了什么孽，生出这样的孩子！我打死你，让你去和那个讨债的儿子做对！”我从来没有看过爸爸暴怒的面容，他的肌肉纠结着，头发扬散如一头巨狮。

“你疯了。”妈妈抢过去拦他，声音凄厉而哀伤。

红头道士、轿夫们、围观人群都拥过来抓住爸爸正要飞来的鞭子。

锣也停了。

爸爸被四个人牢牢抓住，他不说话，虎目如电穿刺我的全身。

四周是可怕的静寂。

我突然看见弟弟的脸在血红的火堆中燃烧，想起爸爸撑着猎枪掉泪的面影和他辛苦荷锄的身姿。我猛地站起，对爸爸大声说：“我走，我走给你看！今天如果我不敢走这火堆，就不是你的囝仔。”

锣声缓缓响起。

几千束目光如炬注视。

我走上了火堆。

第一步跨上去，一道强烈的热流从我脚底窜进，贯穿了我的全身。我的汗水和泪水全滴在火上，一声“嗤”，一阵烟。

我什么都看不见，仿佛陷进一个神秘的围城，只听到远天深处传来弟弟轻声的耳语：“走呀！走呀！”那是一段很短的路，而我竟完全不知它的距离，不知它的尽处。相思林尽头的阳光亮起，脚下的火也浑然忘了。

踩到地的那一刻，土地的冰凉使我大吃一惊。“唬——”一声，全场的人都欢呼起来，爸爸妈妈早已等在这头，两个人抢着抱我，终于号啕地哭成一堆。打锣的人戏剧性地、欢愉地敲着急速的锣鼓。

爸爸疯也似的紧抱我，像要勒断我的脊骨。

那一天，那过火的一天，我们快乐地流泪走回家。

到黑肚大溪，爸爸叫我独自涉水。

猛然间，我感到自己长大了。

童年过火的记忆像烙印一般影响了我整个生命的途程，日后我遇到人生的许多事都像过火一样。在起步之初，我们永远不知道能否安全抵达火毡的那一端，我们当然不敢相信有火神，我们会害怕、会无所适从、会畏惧受伤，但是人生的火一定要过，情感的火要过，欢乐与悲伤的火要过，淡定与激情的火要过，成功与失败的火要过。我们不能退缩，因为我们要单独去过火，即使亲如父母，也有无能为力的时候。

和时间赛跑

读小学的时候，我的外祖母去世了。外祖母生前最疼爱我。我无法排遣自己的忧伤，每天在学校的操场上一圈一圈地跑着，跑得累倒在地上，扑在草坪上痛哭。

那哀痛的日子持续了很久，爸爸妈妈也不知道如何安慰我。他们知道，与其欺骗我说外祖母睡着了，还不如对我说实话：外祖母永远不会回来了。

“什么是永远不会回来了呢？”我问。

“所有时间里的事物，都永远不会回来了。你的昨天过去了，它就永远变成昨天，你再也不能回到昨天了。爸爸以前和你一样小，现在再也不能回到像你这么小的童年了。你终有一天会长大，也会像外祖母一样老。等有一天，你度过了你的所有时间，也会像外祖母一样，永远不能回来了。”爸爸说。

爸爸等于给了我一个谜语，这谜语比课本上的“日历挂在墙壁，一天撕去一页，使我心里着急”和“一寸光阴一寸金，寸金难买寸光阴”还让我感到可怕；也比作文本上的“光阴似箭，日月如梭”更让我觉得有一种说不出的滋味。

以后，我每天放学回家，在庭院里看着太阳一寸一寸地沉进山头，就知道一天真的过完了。虽然明天还会有新的太阳，但永远不会有今天的太阳了。

我看到鸟儿飞到天空——它们飞得多快呀——明天它们再飞过同样的路线，也永远不是今天了。或许明天再飞过这条路线的，不是老鸟，而是小鸟了。

时间过得飞快，使我的小心眼里不只有着急，还有悲伤。

有一天放学，我看到太阳快落山了，就下决心说："我要比太阳更快回家。"我狂奔回去，站在庭院里喘气的时候，看到太阳还露着半边脸，高兴得跳了起来。那一天，我跑赢了太阳！

以后，我常做这样的游戏，有时和太阳赛跑；有时和西北风比赛；有时一个暑假的作业，我十天就做完了。那时我三年级，常把哥哥五年级的作业拿来做。每一次比赛胜过时间，我就快乐得不知道怎么形容。

后来的二十年里，我因此受益无穷。虽然我知道人永远跑不过时间，但是可以比原来跑快一步；如果加把劲，有时可以快好几步。那几步虽然很小很小，用途却很大很大。

如果将来我有什么要教给我的孩子，我会告诉他：假若你一直和时间赛跑，你就可以成功。

鸳鸯香炉

一对瓷器做成的鸳鸯，一只朝东，一只向西，小巧灵动，仿佛刚刚在天涯的一角交会，各自轻轻拍着羽翼，错着身，从水面无声划过。

这一对鸳鸯关在南京东路一家宝石店中金光闪烁的橱窗一角，它鲜艳的色彩比珊瑚宝石翡翠还要灿亮，但是由于它的游姿那样平和安静，竟仿若和人间全然无涉，一直要往远方无止尽地游去。

再往内望去，宝石店里供着一个小小的神案，上书“天地君亲师”五个大字，晨香还未烧尽，烟香缭绕。我站在橱窗前不禁痴了，好像鸳鸯带领我，顺着烟香的纹路游到了我童年的梦境里去。

记得我还未识字以前，祖厅神案上就摆了一对鸳鸯，是瓷器做成的檀香炉，终年氤氲着一缕香烟，在厅堂里绕来绕去。檀香的气味仿佛可以勾起人沉深平和的心胸世界，即使是一个小孩儿也能被吸引得意兴飘飞。我常和兄弟们在厅堂中嬉戏，每当我跑过香炉前，闻到檀香之气，总会不自觉地出神，呆呆看那一缕轻淡但不绝的香烟。

尤其是冬天，一缕直直飘上的烟，不仅是香，甚至也是温暖的象征。有时候一家人不说什么，夜里围坐在香炉边，情感好像交融在炉中，并且烧出了一股淡淡的香气。它比神案上插香的炉子更让我深切地感受到一种无名的温暖。

最喜欢夏日夜晚，我们围坐听老祖父说故事。祖父总是先慢条斯理地燃了那个鸳鸯香炉，然后坐在他的藤摇椅中，说起那些还流动血泪馨香的感人故事。我们依在祖父膝前，张开好奇的眼眸，倾听祖先依旧动人的足音响动。愈到星空夜静，香炉的烟就直直升到屋梁，绕着屋梁飘到庭前来，一丝一丝，萤火虫都被吸引来。香烟就像点着萤火虫尾部的光亮，一盏盏微弱的灯火四散飞升，点亮了满天的向往。

有时候秋色萧瑟，空气中有一种透明的凉。秋叶正红，鸳鸯香炉的烟柔软得似蛇一样升起，烟用小小的手推开寒凉的秋夜，推出一扇温暖的天空。从潇湘的后院看去，几乎能看见那一对鸳鸯依偎着的身影。

那一对鸳鸯香炉的造型十分奇妙，雌雄的腹部连在一起，雄的稍前，雌的在后。雌鸳鸯是铁灰一样的褐色，翅膀是绀青色，腹部是白底有褐色的浓斑，像褐色的碎花开在严冬的冰雪之上，它圆形的小头颅微缩着，斜依在雄鸳鸯的肩膀上。

雄鸳鸯和雌鸳鸯完全不同，它的头高高仰起，头上有冠，冠上是赤铜色的长毛，两边色彩斑斓的翅翼高高翘起，像一个两面夹着盾牌的武士。它的背部更是美丽，红的、绿的、黄的、白的、紫的全开在一处，仿佛春天里怒放的花园。它的红嘴是龙吐珠，黑眼是一朵黑色的玫瑰，腹部微芒的白点是满天星。

那一对相偎相依的鸳鸯，一起栖息在一片晶莹翠绿的大荷叶上。

鸳鸯香炉的腹部相通，背部各有一个小小的圆洞，当檀香的烟从它们背部冒出的时候，外表上看像是各自焚烧，事实上腹与腹间互相感应。我最常玩的一种游戏，就是在雄鸳鸯身上烧了檀香，然后把雄鸳鸯的背部盖起来，烟与香气就会从雌鸳鸯的背部升起；如果在雌鸳鸯的身上烧檀香，盖住背部，香烟则从雄鸳鸯的背上升起来；如果把两边都盖住，它们就像约好的一样，一瞬间，檀香就在腹中熄灭了。

倘若两边都不盖，只要点着一只，烟就会均匀地冒出，它们各生一缕烟，升到中途慢慢氤氲在一起，到屋顶时已经分不开了，交缠的烟在风中弯弯曲曲，如同合唱着一首有节奏的歌。

鸳鸯香炉的记忆源自我童年的最初，经过时间的洗涤愈久，形象愈是晶明，几乎可以说它是我对情感和艺术向往的最初。鸳鸯香炉不知道出于哪一位匠人之手，后来被祖父购得，它的颜色造型之美让我明白体会到中国民间艺术之美——虽是一个平凡的物件，却有一颗生动灵巧的匠人心灵在其中游动，使香炉经过百年都还是活的一般。民间艺术之美总是平凡中见真性，在平和的贞静里历百年还能给我们新的启示。

关于情感的向往，我曾问过祖父，为什么鸳鸯香炉要腹部相连?

祖父说："鸳鸯没有单只的。鸳鸯是中国人对夫妻的形容，夫妻就像这对香炉，表面各自独立，腹中却有一点心意相通。这种相通，在点了火的时候最容易看出来。"

我家的鸳鸯香炉每日都有几次火焚的经验，每经一次燃烧，那一对鸳鸯就好像靠得更紧。我想，如果香炉在天际如烽火，火的悲壮也不足以使它们殉情，因为它们的精神和象征立于无限的视野，永远不会畏怯，在火炼中，也永不消逝。比翼鸟飞久了，总会往不同的方向飞；连理枝老了，也只好在枝丫上无聊地对答。鸳鸯香炉不同，因为有火，它们不老。

稍稍长大后，我识字了，识字以后就无法抑制自己的想象力飞奔，常常从一个字一个词句中飞腾出来，去找新的意义。

"鸳鸯香炉"四字就使我想象力飞奔，觉得用"鸳鸯"比喻夫妻真是再恰当不过。"鸳"的上面是"怨"，"鸯"的上面是"央"。"怨"是又恨又叹的意思，有许多抱怨的时刻，有很多无可奈何的时刻，甚至也有很多苦痛无处诉的时刻；“央”是求的意思，是《诗经》中说的“和铃央央”的和声，是有求有报的意思，有许多互相需要的时刻，有许多互相依赖的时刻，甚至也有很多互相怜惜求爱的时刻。

夫妻生活是一个有颜色、有生息、有动静的世界，在我的认知里，夫妻的世界几乎没有无怨无尤、幸福无边的例子，因此，要在“怨”与“央”间找到平衡，才能是永世不移的鸳鸯。鸳鸯香炉的腹部相通是一道伤口，夫妻的伤口几乎只有一种药，这药就是温柔。“怨”也温柔，“央”也温柔。

所有的夫妻都曾经拥抱过、热爱过、深情过，为什么有许多到最后分飞东西，或者郁郁以终呢？爱的诺言开花了，虽然不一定结果，但是每年都开了更多的花，用来唤醒刚坠入爱河的新芽。鸳鸯香炉是一种未名的爱，不用声明，千万种爱都升自胸腹中柔柔的一缕烟。把鸳鸯从水面上提升到情感的诠释，就像鸳鸯香炉虽然沉重，它的烟却总是往上飞升。这或许能给我们一些新的启示吧！

至于“香炉”，我感觉所有的夫妻最后都要迈入“共守一炉香”的境界，久了就不只是爱，而是亲情。任何婚姻的最后，热情总会消退，就像宗教的热诚最后会平淡到只剩下虔敬。最后的象征是“一炉香”，在空阔平朗的生活中缓缓燃烧，那升起的烟，我们逼近时可以体贴地感觉到，我们站远了，还有温暖。

我曾在万华的小巷中看过一对看守寺庙的老夫妇，他们的工作很简单，就是在晨昏时上一炷香，以及打扫那一间被岁月剥蚀的小庙。我去的时候，他们总是无言，轻轻地动作，任阳光一寸一寸移到神案之前。等到他们工作完后，总是相携着手，慢慢左拐右弯地消失在小巷的尽头。

我曾在信义路附近的巷子口，看过一对捡拾破烂的中年夫妻，丈夫吃力地踩着一辆三轮板车，口中还叫着收破烂特有的语言。妻子经过每家门口，把人们弃置的空罐酒瓶、残旧书报一一丢到板车上。到巷口时，妻子跳到板车后座，熟练安稳地坐着，露出做完工作欣慰的微笑，丈夫也突然吹起口哨来了。

我曾在通化街的小面摊上，仔细地观察一对卖牛肉面的少年夫妻，丈夫总是自信地在腾腾的锅边下面条，妻子则一边招呼客人，一边清洁桌椅，一边还要弯下腰来洗涤油污的碗碟。在卖面的空当，他们急急地共吃一碗面，妻子一径地把肉夹给丈夫。他们就那样自若、那样无畏地生活着。

我也曾在南澳乡的山中，看到一对刚做完香菇烘焙工作的山地夫妻，依偎着共坐在一块大石上，谈着今年的耕耘与收成，谈着生活里最细微的事，一任顽皮的孩童丢石头把他们身后的鸟雀惊飞而浑然不觉。

我更曾在嘉义县内一个大户人家的后院里，看到一位须发俱白的老先生，爬到一棵莲雾树上摘莲雾，他年迈的妻子围着布兜站在莲雾树下接莲雾。他们的笑声那样年少，连围墙外都听得清明。

他们不能说明什么，他们说明的是一炉燃烧了很久的香还会有它的温暖，那香炉的烟虽弱，却有力量，它顺着岁月之流可以飘进任何一扇敞开的门窗。每当我看到这样的景象，总是站得远远的，仔细听。香炉的烟声传来，其中好像有瀑布奔流的响声，越过高山，流过大河，在我的胸腹间奔湍。生活里如果没有这些平凡的动作，恐怕也难以印证情爱可以长久吧！

童年的鸳鸯香炉，经过几次家族的搬迁，已经不知流落到什么地方，或许在另一个少年家里的神案上。再要找到一个同样的香炉恐怕永不可得，但是它的造型、色泽，以及在荷叶上栖息的姿势，却为时日久还是鲜锐无比。每当在情感受挫、生活困顿之际，我总是循着时间的河流回到岁月深处去找那一盏鸳鸯香炉，它是情爱最美丽的一个鲜红落款。情爱画成一张重重叠叠交缠不清的水墨画，水墨最深的山中洒下一条清明的瀑布，瀑布流到无止尽的地方，那便是香炉美丽明晰的章子。

鸳鸯香炉好像暗夜中的一盏灯，使我童年对情感的认知乍见光明，在人世的幽晦中带来前进的力量，使我即使只在南京东路宝石店的橱窗中，看到一对普通的鸳鸯瓷器都要怅然良久。就像坐在一间黑乎乎的房子里，第一盏点着的灯最明亮，最能感受明与暗的分野，后来即使有再多的灯，总不如第一盏那样，让我们长记不熄。坐在长廊尽处，纵使太阳和星月都冷了，群山草木都衰尽了，香炉的微光还在记忆的最初，在任何可见和不可知的角落，温暖地燃烧着。

醉后方知酒浓，爱过方知情重。

情　重

醉后方知酒浓，爱过方知情重，你梦里有我，我醉了也忘不了你。我如何知道这是白天？你在我生命里；我如何知道这是夜晚？你在我心上。

所有的人都喜欢丈量爱情，而且量的单位用厚、薄、深、浅，常常用深厚来与浅薄相对照，每个人都不移地执着自己爱情的深厚。我独独喜爱以“重”为单位来衡量，因为只有重，才会稳然地立着；也只有重，才能全然表现出情爱，除了享乐还有负荷的责任。爱情只有在重量里，才可以象征精神的和物质的质量。

深，常常令人陷溺，令人不可自拔；厚，常常蒙蔽人的眼睛，阻隔人的耳朵。而只有意志力薄弱的人才会走进深潭似的爱情里，也唯有愚蠢的人用厚墙来建筑自己的情爱。我们都不愿陷溺和蒙蔽，于是以深厚为单位丈量的爱情不是我们需要的。

可爱情事实上是不是可以丈量？我们既无法触及不朽的蓝天，也走不到散发光芒的太阳。爱情却既可以是蓝天也可以是太阳，我们要如何去量呢？一旦走到蓝天之上还有一层蓝天呀！

中国读书人千百年来就怕提到“爱情”，好似一提到“情”字就变得低下。

因此，中国从前没有真正的恋爱，纵是有也流于不自然的幽会式，不是桑间濮上就是邂逅东门或甚至于待夜西厢下，终于走到“男女相悦，总不免于私通”的恋爱死巷。在这种超出常规的尴尬的情爱下，纵是犯了中国书生最常犯的相思病，也终究免不了沦于浅薄，与情重毫不相干。还有许多读书人就怕情，一提到情便想到与下流无异，因此古来的情都成了私通的代言人，像沈三白和芸娘，何异于是长在中国历史上一株情感的奇花异草?

其实，理智只不过是人生的一部分，感情才是人的全部，要提到真实的人生，情爱绝对是免不了的，它活在人中，人活在情爱里。由于我们中国的传统是太尊敬爱情，它便很难成为享受生活的一部分了，于是梁山伯、祝英台殉情不知何以而殉，张生、崔莺莺相思不知如何相思。我们所要秉承的是什么呢？我们应知道如何去爱，如何从重重的帘幕，从寄望于来世的夙愿里走出来，走出把情看得怪异的世界。

粗率的恋爱容易结出不幸的果子，如果我们一直把情爱看成极易的下流和极难的形上，必然会走回扭扭捏捏的故态中去。爱情不是远天的星子，是天天照耀我们的路灯；不是杳无人迹的高原细径，是每日必要来回的街路；更不是寂静苍茫的雾夜，是必看得见的白天。

那种感觉像是弄堂的尽头有一扇门，快走慢走都一样，每人都应该去开启，探看是无限的永恒或是短暂的春天。至少可以相信，每一扇门后，一定流着动人的音乐，摆着喜悦的地毡，透明若水晶的墙壁上凝固着两个缤纷的影子，请就仔细地欣赏吧！也许门的那一端会悄悄躲几个痛苦的影子，请不必理会，因为那样春天的小屋里，拥有过一个世界的星辰。

家的附近有一位老太婆，她的发已似将纷纷飘落的雪，常躺靠在廊前的摇椅摇来摇去，以一种极为悠然坦荡的神态。她的手中恒常握一根黑得发亮的烟斗，也不抽，只是爱抚着。我急于探问那一根烟斗的过程，才知道她既聋又哑。

后来爸爸与我说了烟斗的故事，是十年前她当医生的丈夫健在时抽的，十年之后还恒常地握在她缩皱的手中。当时我获取了极深的感慨，往后的日子就喜爱在旁静静地看她捏弄那根烟斗，一次又一次的。

恐怕这样的睹物怀人才是真正的生死不渝，才是真正万劫不灭的情重！

唯有思念能穿破时间和空间的阻隔，永远在情感的水面上开花。

黄昏月娘要出来的时候

开车从大汉溪到莺歌的路上，黄昏悄悄来临了，原本澄明碧绿的山景先是被艳红的晚霞染赤，然后在山风里静静地黯淡下来，大汉溪沿岸民房的灯盏一个一个被点亮。

夏天已经到了尾声，初秋的凉风从大汉溪那头绵绵地吹送过来。

我喜欢黄昏的时候，在乡间道路上开车或散步，这时可以把速度放慢，细细品味时空的一些变化。不管是时间还是空间，黄昏都是一个令人警醒的节点。在时间上，黄昏预示了一天的消失，白日在黑暗里隐遁，使我们有了被时间推迫而不能自主的悲感；在空间上，黄昏似乎使我们的空间突然缩小，我们的视野再也不能自由放怀了，那种感觉就像电影里的大远景被一下子跳接到特写一般，白天不在乎的广大世界，黄昏时成为片段的焦点——我们会看见橙红的落日、涌起的山峦、斑斓的彩霞、墨绿的山线、飘忽的树影，都有如定格一般。

事实上，黄昏与白天、黑夜之间并没有断绝，日与夜的空间并不因黄昏而改变，日与夜的时间也没有断落。那么，为什么黄昏会给我们这么特别的感受呢？欢喜的人看见了黄昏的优美，苦痛的人看见了黄昏的凄凉；热恋的人在黄昏下许诺誓言，失恋的人则在黄昏时看见了光明绝望的沉落。

就像今天开车路过乡间的黄昏，坐在我车里的朋友因为疲倦而沉沉地睡去了，穿过麻竹防风林的晚风拍打着我的脸颊，我感觉到风的温柔、体贴与优雅，黄昏的风是多么静谧，没有一点声息。

突然一轮巨大明亮的月亮从山头跳跃出来，这一轮月亮的明度与巨大，使我深深地震动，才想起今天是农历六月十八，六月的明月其实是一点也不逊于中秋的。说看见月亮的那一刻使我深深震动，一点也不夸张，因为我心里不觉地浮起两句有些忧伤的歌词：

每日黄昏月娘要出来的时候，

添加我内心的悲哀。

这两句是一首闽南语歌《望你早归》的歌词，记得它的原作曲者杨三郎先生曾经说过他做这首歌的背景。那时台湾刚刚光复，因为经历了战乱，他想到每一个家庭都有人离散在外。凡有人离散在外，就会有思念。而思念在黄昏夜色将临时最为深沉和悠远，心里自然有更深的悲意，他于是自然地写下了这一首动人的歌。我最爱的正是这两句。

现在时代已经改变了，战乱离散的悲剧不再和从前一样，但是大家还是爱唱这首歌，原因在于，每个人的心灵深处都埋藏着远方的人啊！我觉得在人的情感之中，最动人的不一定是生死相许的誓言，也不一定是缠绵悱恻的爱恋，而是对远方人的思念。因为，生死相许的誓言与缠绵悱恻的爱恋都会破灭、淡化，甚至在人生中完全消失，唯有思念能穿破时间和空间的阻隔，永远在情感的水面上开花，犹如每日黄昏时从山头升起的月亮一样。

远方的思念是情感中特别美丽的一种，可惜这个时代的人已经逐渐失去了这种情感，就好像越来越少人能欣赏晚上的月色、秋天的白云、山间的溪流一般。人们总是想，爱就要轰轰烈烈，要情欲炽盛，要合乎时代的潮流，于是乎，爱的本质就完全地改变了。

思念的情感不是如此，它是心中有情，但眼睛犹能穿透情爱，有一个清明的观点。一如太阳在白云之中，有时我们看不见太阳，而大地仍然非常明亮。太阳是永远存在的，一如我们所爱的人，不管他是远离、死亡，还是背弃，我们的思念永远不会失去。

佛经告诉我们“生为情有”，意思是人因为有情才会投生到这个世界。因此凡是生活在这个世界的人，必然会有其许多情缘的纠缠。这些情缘使我们在爱河中载沉载浮，使我们在爱河中沉醉迷惑，如果我们不能在情爱中维持清明的距离，就会在情与爱的推迫之下，或贪恋，或仇恨，或愚痴，或痛苦，或堕落，或无知地过着一生。

尤其是情侣的失散几乎是不可避免的必然了，通常，情感失散的时候就会使我们愁苦、忧痛，甚至怀恨，但是我们必须认识到愁苦、忧痛。怀恨都不能挽救或改变失散的事实，反而增添了心里的遗憾。有时我们会感叹，为什么自己没有菩萨那样伟大的情怀，能站在超拔的海面晴空丽日之处，来看人生中波涛汹涌如海的情爱？

其实也没有关系，假如我们不能忘情，也可以从情爱中拔起身影，有一个好的面对。这种心灵的拔起，即是以思念之情转换悲苦的心。思念虽有悲意，但那样的悲意是清明的，乃是认识了人生的无常、情爱不能永驻之实相对自我、对人生、对伴侣的一种悲悯之心。

释迦牟尼佛早就看清了人间有免不了的八苦，就是生、老、病、死、爱别离、怨憎会、所求不得、烦恼炽盛。这八苦的来由，归纳起来，就是一个“情”字。有情必然有苦，若能使情成为思念的流水，则苦痛会减轻，爱恨不至于使我们窒息。

我们都是薄地的凡夫，我很喜欢“凡夫”这两个字，凡夫的“凡”字中间有一颗大心，凡夫之所以永为凡夫，正是多了一颗心。这颗心有如铅锤，蒙蔽了我们自性的清明，拉坠使我们堕落。若能使凡夫之心有如黄昏时充满思念的明月，则即使有心，也是无碍了。能以思念之情来转换情爱失落败坏的人，就可以以自己为灯，做自己的皈依处，纵是含悲忍泪，也不会失去自己的光明。

佛陀曾说："情感由过去的缘分与今生的怜爱所产生，宛如莲花由水和泥土这两样东西所孕育。"是的，过去的缘分是水，今生的怜爱是泥土，然后开出情感的莲花。

人的情感如果是莲花，就不应该有任何的染着。假如我们会思念、懂得思念、珍惜思念，我们的思念就会化成情感莲花上清明的露水，在清晨或黄昏，闪着炫目的七彩。

每日黄昏月娘要出来的时候，
添加我内心的悲哀。

我轻轻唱起了这《望你早归》的思念之歌，想象着这流动在山林中的和风，有可能是我们思念远方人的轻轻的呼吸。在千山万水之外，在千年万岁之后，我们的思念是一枚清楚的戳印，它让我们来到这个世界，不失前世的尘缘；它让我们转入未来的时空，还带着今生的记忆。

引动我们悲凉的月亮，如果我们能清明，也会使我们心中的明月在乌云密布的山水之间升起。

我想起两句偈："心清水月现，意定天无云。"

然后我踩下油门，穿过林间小路，让风吹过，让月光肤触，心中想着夜曲一般小提琴的声音，琴声围绕中还有一盏灯火。我自问着：远方的人不知听不听得见这思念的琴声？不知看不看得见这光明的灯盏？

你呢？你听见了吗？你看见了吗？

有时，人的一生只为了某一个特别的相会。

一生一会

我喜欢茶道里关于“一生一会”的说法。意思是说，我们每次与朋友对坐喝茶，都应该生起很深的珍惜。因为一生里能这样地喝茶可能只有这一回，一旦过了，就再也不可得了。

一生只有这一次聚会，一生只有这一次相会，使我们在喝茶的时候，会沉入一种疼惜与深刻，不至于错失那最美好的因缘。

生命虽然无常，但并不至于太短暂，与好朋友也可能会常常对坐喝茶，但是每一次的喝茶都是仅有的一次，每一日相会都和过去、未来的任何一次不同。

“有时，人的一生只为了某一次特别的相会”，这是我喜欢写了送给朋友的句子。

与喜欢的人相会，总是这样短暂，可是为了这样短暂的相会，我们已经走过人生的漫漫长途，遭受过数不清的雪雨风霜，好不容易，熬到在这样的寒夜里，和知心的朋友，深情相会。仔细地思索起来，从前那走过的路途，不都是为这短短的数小时做准备吗？

这深情的一会，是从前四十年的总和。

这相会的一笑，是从前一切喜乐悲辛的大草原开出的最美的花。

这至深的无言，是从前有意义或无意义的语言之河累积成的一朵洁白的浪花。

这眼前的一杯茶，请品尝，因为天地化育的茶树，就是为这一杯而孕生的呀！

我常常在和好朋友喝茶的时候，心里就有了无边的想象，然后我总是试图把朋友的脸容一一收入我记忆的宝盒，希望把他们的言语、眼神、微笑全部典藏起来，深怕在曲终人散之后，再也不会有相同的一会。

“一生一会”的说法是有点幽凄的，然而在幽凄中有深沉的美，使我们对每一杯茶，每一个朋友，都愿意以美与爱来相付托，相赠予，相珍惜。

不只喝茶是“一生一会”的事，在广大的时空中，在不可思议的因缘里，与有缘的人相会面，都是一生一会的。如果有了最深刻的珍惜，纵使会者必离，当面相送，也可以稍减遗憾了。

因此，茶道的“一生一会”说的不只是相会之难，而是说，若有了最深的珍重与祝福，就进入了道的境界。

第六辑

总有群星在天上

不管时代如何改变，
在时代里总会有一些卓然的人，
就好像山林无论如何变化，
在山林中总会有一些清越的鸟声一样。

一　味

乌铁茶

有一位朋友，独自跑到木栅的观光茶区去经营茶园，取名为“乌铁茶区”。据说，他是接下了一个患病农民的茶园，原因是很想做出一些自己喜欢的茶，让自己喝了欢喜，朋友喝了也欢喜。

“你喜欢的茶是什么呢？”

“中国的两大名茶，一是乌龙，一是铁观音。乌龙清香，铁观音喉韵好，这两种茶是完全不同的。我在少年时代就常想，有没有可能使两味变成一味呢？就是把乌龙和铁观音的优点融合，消除它们的缺点，所以把自己的茶园取名为乌铁茶园。”

“使两味合成一味”可能只是朋友的理想，但他在实验的过程中，却创造了许多滋味甚美的茶，也由于有一个渴盼创造的心灵，他理想的茶虽未出现，对于人生、对于茶已经有了全新的体验。

他说：“当我心中有使乌龙与铁观音合一的愿望时，事实上那种茶已经完成了，虽然还没有做出来，总有一天会做出来。”

我走在朋友种的井然有序的茶园，看到洁白的小茶花，不禁想起禅师所说的“家舍即在途中”。当一个人往理想愿望迈进的时候，每一步历程其实都与目标无异，离开历程，目标也就不存在了。

问题是，历程的体验与目标的抵达虽是一味，由于人自心的纷扰，它就成为百味杂陈了。

一味，不是生活里的柴米油盐，而是内心的会意。

一味，不是寻找一种优雅的生活，而是在散乱中自有坚持。在夏日，有凉爽的心；在冬天，有温暖的怀抱。

生命里的任何事都没有特别的意义，在平凡中找到真实的人，就会发现每一段、每一刻都有尊贵的意义。

雀舌鹰爪

经营茶园的朋友嫌现在的茶做得太粗，于是手工采茶，手工制茶，做出一种最好的茶，取名为“莲心茶”。

“莲心茶”只取最嫩的茶芽制成，一芽带两叶，卷曲有如莲子的心。

以茶芽制茶，古已有之，《梦溪笔谈》说：“茶芽，古人谓之雀舌、麦颗，言其至嫩也。”《宣和北苑贡茶录》说：“凡茶芽数品，最上曰小芽，如雀舌鹰爪，以其劲直纤锐，故号芽茶；次曰中芽，乃一芽带一叶者，号一枪一旗；次曰紫芽，乃一芽带两叶者，号一枪两旗；其带三叶四叶者，皆渐老矣！”

莲心茶必须在春天气候晴和的早上去采，这时茶树吸收了昨夜的雾气，茶芽初发，一芽一芽地拈下来。

朋友说，现在的农夫觉得这样采茶芽太费工了，不符合成本效益，使得雀舌鹰爪徒留其名，早已成为传说了。

“但是，最好的总要有人去做，纵使被看成傻子也是值得的。”朋友说。

是的，最好的总是要有人做，我为朋友那种真挚求好的态度感动了。

他每年只做几斤莲心茶，只卖给善饮茶的人，每人限购二两。他说：“最好的茶只给会喝的人，但是不能太多，太多就不会珍惜了。”

法也是一样吧！这个世间有许许多多的法，法味都不错，但最好的总要有人去做，即使被看成傻子也是值得的。

体会茶的心

不过，做茶也不能一厢情愿，而要体会茶的心。

朋友有一种很好的茶，叫“月光茶”，是在春天的夜间，用探照灯采的。他用探照灯在夜间采茶，曾被茶山的人看成是疯子。

他说：“有一天，天气很热，我自己泡一壶茶喝，觉得茶里面还带着暑气。心里想，如果在有露水的夜里采茶，茶在夜露的浸润下，茶树的心情一定很好，也就没有暑气了。”

想到就做，竟让他做出像“月光茶”这样的茶来，喝的时候仿佛看见月光下吐露着清凉的茶园，心胸为之一畅。想到“冻顶乌龙”之所以比“乌龙”好，那是因为终年生于云雾风霜的极冻之顶，好像能令人体会茶里那冰雪的心。

我们与茶互相体会，与人间的因缘也要互相体会。作为佛教徒的人时常会觉得高人一等，自以为是众生的母亲，但是反过来想，我们已经在轮回中受生无数次，一切众生必都曾是我的母亲，这些在过去世中无数无量曾呵护、照顾、体贴、关爱过我们的母亲呀！如今就在我的四周。

一切众生为了生活，得不停忙碌地工作；一切众生为了呵护子女，要累积财富，以致他们没有时间全力维持佛法。但不能修持佛法的母亲还是我最亲爱的母亲呀！我愿他们都拥有最美好的事物，也愿他们一切幸福。

如是思维，心遂有了月光的温柔与清凉。

不可轻轻估量

朋友来看我，知道我喜欢喝茶，都会带茶来送我，因此就喝到许多未曾想过的茶，像桂花茶、紫罗兰茶、菩提叶茶都还是普通的，有人送我决明子茶、芭乐叶心茶、荔枝红、柚子茶等等，各种奇怪的加味茶。

今天，一位朋友带来一罐人参乌龙茶，听说是乌龙茶王加美国人参制造的，非常昂贵。

我说："如果是很好的乌龙，就不会做成人参乌龙茶；如果是最好的人参，也不必做成人参乌龙茶。所以，所谓人参乌龙茶，应该都是次级的人参掺入次等的乌龙制造的。"

朋友听了哈哈大笑。

我说，这是实情，因为最好的茶不必加味，凡是加味者，都不是用最好的茶去做的。

朋友是来告诉我，某地又出现一位新的禅师，某地又出现一位新教主，某地又有一位"大师"宣称证得大圆满境界，由于是以神通经验来号召，信徒趋之若骛。

他问我："你看这是真的？还是假的？"

我说："你管他是真是假，我们只要照管自己的心就好了。"

他又问："为什么社会上近年来每年都会出现这样的人呢？"

我说："你觉得呢？"

"我觉得是社会竞争太厉害了，有一些人循正常的管道奋斗，不可能成功，最快成功的方法是自称教主、祖师，证得某种境界。因为这既有名有利，也不需要时间、不需要本钱，只要会演戏就好了。而且群众也无法去做检验，就像我要和人做生意，总会先调查他的信用，过去的经验有迹可循，可是这社会上自称有成就的人往往是无迹可寻的。你认为我的看法怎样？"

“很好！”我说，“我还是觉得最好的茶是不用加味的，最好的法也是一味，对待加了许多味的法，与对待加了许多味的茶一样，要谨慎，不可轻轻估量！”

然后我们泡了一壶人参乌龙茶喝，不出所料，不是最好的茶叶，也不是最好的人参。

风格的芬芳

在南部六龟的深山里，有一种野生茶，近年已成为茶界乐道的茶。

野生茶听说已生长百余年的时间，是日据时代，或是清朝种在深山里而被人遗忘的茶树，由于多年未采摘，长到有一层楼高。

野生茶的神奇就在于每一棵的茶味都不一样，有独特的风格，例如有一棵有蜂蜜的味道，一棵有牛乳的味道，一棵有莲花香。这不是加味，是自然在茶叶中长成的。

因此，采野生茶的人要带许多小袋子，一棵茶树采的装一袋，烘焙时也要每一棵分开，手工精制。这样费时费力做出来的茶，自然是价昂难求，有时有钱也买不到。

我在朋友家品尝野生茶，果然，每一棵都很不一样。我最喜欢带有莲花香的那一棵。喝的时候一直在寻思，为什么茶叶会自然长出莲花的香味呢？为什么会每一棵茶的味道各自不同呢？

我想到，一棵茶树在天地间成长壮大，在时空中屹立久了，自然会形成一种独特的风格。这风格既不会妨碍它做一棵平常的茶树，但却有与一切茶树完全不同的芬芳。人也是如此，处于法味久了，自然形成风格。这风格不会使他异于常人，而是在人间散放了不同的芳香。

寒天饮茶知味在

与懂茶的人喝茶，有时候也挺累人，因为到后来，只是在谈对于茶的心得，很少真的用心喝茶，用的都是舌头。

有一天，一位素来被认为会喝茶的朋友来访，我边泡茶，边说："今天我们可不可以完全不谈茶的心得，只喝茶？"

朋友呆住了，说："我光喝茶，不谈茶，会很难过的。"

我说："我们过于讲究茶道而喝茶，会忘记喝茶最根本的意义。喝茶第一是要解渴，第二是兴趣，第三是有好心情，第四是有好朋友来，对茶的研究反而是最末节的了。"

然后，我们坐下来，喝茶！

那时候觉得赵州禅师的"吃茶去"讲得真好。

雪夜观灯知风在，寒天饮茶知味在。除了专心喝茶，我们并不做什么。喝了几盏茶之后，朋友说："今天真好，我现在知道茶不是用舌头喝的了。"

我想到，法眼文益禅师被一位学生问道："师父，什么是人生之道？"

他说："第一是叫你去行，第二也是叫你去行。"

是的，什么是饮茶之道，第一是叫你去喝，第二也是叫你去喝。

什么是佛法之道，第一是叫你去实践，第二也是叫你去实践。

"有没有第三呢？"朋友说。

"有的，第三是叫你行过了放下！"

这金黄色的茶汤呀！这人生之河的苦汁呀！这中边皆甜的法味呀！

一味万味，味味一味。

喝时生其心，喝完时应无所住，如是如是。

不管是茶是水，在乡在城，其中都有人情的温热。

家家有明月清风

到台北近郊登山，在陡峭的石阶中途，看见一个不锈钢桶放在石头上，外面用红漆写了两字——“奉水”，桶耳上挂了两个塑料茶杯，一红一绿。在炎热的天气里喝了清凉的水，让人在清凉里感觉到人的温情。这桶水是由某一个居住在这城市里陌生的人所提供的，他是每天清晨太阳未升起时，就提这么重的一桶水来，那细致的用心是颇能体会到的。

在烟尘滚滚的尘世，人人把时间看得非常重要，因为时间就是金钱，几乎到了没有人愿意为别人牺牲一点点时间的地步，即使是要好的朋友。如果没有重要的事情，也很难约集。但是当我在喝“奉水”的时候，想到有人在这上面花了时间与心思，牺牲自己的力气，就觉得在忙碌转动的世界，仍然有从容活着的人。他为自己的想法去实践某些奉献的真理，这就是“滔滔人世里，不受人惑的人”。

这使我想起童年住在乡村，在行人路过的路口，或者偏僻的荒村，都时常看到一只大茶壶，上面写着“奉茶”，有时还特别钉一个木架子把茶壶供奉起来。我每次路过“奉茶”，不管是不是口渴，总会灌一大杯凉茶，再继续前行，到现在我都记得喝茶的竹筒子，里面似乎还有竹林的清香。

我稍稍懂事的时候，看到了“奉茶”，总会情不自禁地想起乡下土地公庙的样子，感觉应该把放置“奉茶”者的心供奉起来，让人瞻仰。他们就是自己土地上的土地公，对土地与人民有一种无言无私之爱。这是“凡劳苦担重担的人，都到我这里来，我必使他得清凉”的胸怀。我想，有时候人活在这个人世，没有留下任何名姓也不是什么要紧的事，只要对生命与土地有过真正的关怀与付出，就算尽了人的责任。

很久没有看见“奉茶”了，因此在台北郊区看到“奉水”时竟低徊良久。到底，不管是茶是水，在乡在城，其中都有人情的温热。山道边一杯微不足道的凉水，使我在爬山的道途中有了很好的心情，并且感觉到不是那么寂寞了。

到了山顶，没想到平台上也有一个完全相同的钢桶，这时写的不是“奉水”，而是“奉茶”。两个塑料茶杯，一黄一蓝。我倒了一杯来喝，发现茶是滚热的。于是我站在山顶俯视烟尘飞扬的大地，感觉那准备这两桶茶水的人简直是一位禅师了。在完全相同的桶里，一冷一热，一茶一水，连杯子都配得恰恰好，这里面到底是隐藏着怎么样的一颗心呢?

我一直认为不管时代如何改变，在时代里总会有一些卓然的人，就好像山林无论如何变化，在山林中总会有一些清越的鸟声一样。同样的，人人都会在时间里变化，最常见的变化是从充满诗情画意的逍遥的心灵，变成平凡庸俗而无可奈何，从对人情时序的敏感，变为对一切事物无感。

我们在股票号子（这号子取名真好，有点像古代的厕所）里看见许多瞪着广告板的眼睛，那曾经是看云、看山、看水的眼睛；我们签约的双手，那曾经是写过情书与诗歌的手；我们为钱财烦恼奔波的双脚，那曾经是在海边与原野散过步的脚；我们的眼耳鼻舌身意看起来仍然与二十年前无异，可是在本质上，有时中夜照镜，已经完全看不出它们的联结；那理想主义的、追求完美的、每一个毛孔都充满光彩的我，究竟何在呢?

清朝诗人张灿有一首短诗：书画琴棋诗酒花，当年件件不离他。而今七事都更变，柴米油盐酱醋茶。很能表达一般人在时空中流转的变化。从“书画琴棋诗酒花”到“柴米油盐酱醋茶”，人的心灵必然是经过了一番极大的动荡与革命，只是凡人常不自觉自省，任庸俗转动罢了。其实，有伟大怀抱的人物也未能免俗。

梁任公有一首《水调歌头》我特别喜欢，其后半阕是：“千金剑，万言策，两蹉跎。醉中呵壁自语，醒后一滂沱。不恨年华去也，只恐少年心事，强半为销磨。愿替众生病，稽首礼维摩。”我自己的心境很接近梁任公的这首词，人生的际遇不怕年华老去，怕的是少年心事的“销磨”，到最后只有“醒后一滂沱”了。

在人生的道路上，大部分有为的青年，都想为社会、为世界、为人类“奉茶”，只可惜到后来大半的人都回到自己家里喝老人茶了。还有一些人，连喝老人茶自遣都没有兴致了，到中年还能有“奉茶”的心，是非常难得的。

有人问我，这个社会最缺的是什么东西？

我认为最缺的是两种，一是“从容”，一是“有情”。这两种品质是大国民的品质，但是由于我们缺少“从容”，因此很难见到步履雍容、识见高远的人；因为缺少“有情”，则很难看见乾坤朗朗、情趣盎然的人。

社会学家把社会分为青年社会、中年社会、老年社会。青年社会有的是“热情”，老年社会有的是“从容”，我们正好是中年社会，有的是“务实”。务实不是不好，但若没有从容的生活态度与有情的怀抱，务实到最后正好是柴米油盐酱醋茶，牺牲了书画琴棋诗酒花。一个彻底务实的人其实是麻木的俗人，一个只知道名利实务的社会，则是僵化的庸俗社会。

《大珠禅师语录》里记载了禅师与一位讲《华严经》的座主的对话，可以让我们看见有情与从容的心是多么重要。

座主问大珠慧海禅师：“禅师信无情是佛否？”

大珠回答说：“不信。若无情是佛者，活人应不如死人；死驴死狗，亦应胜于活人。经云：佛身者，即法身也，从戒定慧生，从三明六通生，从一切善法生。若说无情是佛，大德如今便死，应作佛去。”

这说明禅的心是有情，而不是无知无感的，用到我们实际的人生也是如此。一个有情的人虽不能如无情者用那么多的时间来经营实利（因为情感是要付出时间的），可是一个人如果随着冷漠的环境而使自己的心也沉滞，则绝对不是人生之福。

人生的幸福在很多时候是得自于看起来无甚意义的事，例如某些对情爱与知友的缅怀，例如有人突然给了我们一杯清茶，例如在小路上突然听见水果店里传来一段喜欢的乐曲，例如在书上读到一首动人的诗歌，例如听见桑间濮上的老妇说了一段充满启示的话语，例如偶然看见一朵酢浆花的开放……

总的说来，人生的幸福来自于自我心扉的突然洞开，有如在阴云中突然阳光显露、彩虹当空，这些看来平淡无奇的东西，是在一株草中看见了琼楼玉宇，是由于心中有一座有情的宝殿。

“心扉的突然洞开”，是来自于从容，来自于有情。

生命的整个过程是连续而没有断灭的，因而年纪的增长等于是生活数据的累积。到了中年的人，往往生活就纠结成一团乱麻了。许多人畏惧这样的乱麻，就拿黄金酒色来压制，企图用物质的追求来麻醉精神的僵滞，以至于心灵的安宁和通融都展现为物质的累积。

其实，可以不必如此，如果能有较从容的心情、较有情的胸襟，则能把乱麻的线路抽出、理清，看清我们是如何的失落了青年时代对理想的追求，看清我们是在什么动机里开始物质权位的奔逐，然后想一想：什么是我要的幸福呢？我最初所想望的幸福是什么？我波动的心为何不再震荡了呢？我是怎么样落入现在这个古井的呢？

我时常想起童年时代，那时社会普遍贫穷，可是大部分人都有丰富的人情，人与人之间充满了关怀，人情义理也不曾被贫苦生活所昧却，乡间小路的“奉茶”正是人情义理最好的象征。

记得我的父亲常挂在嘴上的一句话是：“人活着，要像个人。”当时我不懂这句话的含义，现在才算比较了解其中的玄机。即使生活条件只能像动物那样，人也不应该活得如动物，失去人的有情、从容、温柔与尊严。在中国历代的忧患悲苦之中，中国人之所以没有失去本质，实在是来自这个简单的意念：“人活着，要像个人！”

人的贫穷不是来自生活的困顿，而是来自在贫穷生活中失去人的尊严；人的富有也不是来自财富的累积，而是来自在富裕生活里不失去人的有情。人的富有实则是心灵中某些高贵特质的展现。

家家都有明月清风，失去了清风明月才是最可悲的！

喝过了热乎乎的“奉茶”，我信步走入林间，看到在落叶层缝中有许多美丽的褐色叶片，捡起来一看，原来是褐蝶的双翼因死亡而落失在叶中。看到蝴蝶的翼片与落叶交杂，感觉到蝴蝶结束了一季的生命其实与树叶无异，尘归尘、土归土，有一天都要在世界里随风逝去。

人的身体与蝴蝶的双翼又有什么两样呢？如果在活着的时候不能自由飞翔，展现这片赤诚的真心，让我们成为宇宙众生迈向幸福的阶梯，反而成为庸俗人类物质化的踏板，则人生就失去其意义，空到人间一回了！

下山的时候，我想，让我恒久保有对人间有情的胸怀，以及一直保持对生活从容的步履；让我永远做一个为众生奉茶供水，在热闹中得到清凉的人吧。

落下的雪花不见了，但灌溉了我们的心田。

好雪片片

在信义路上，常常会看到一位流浪的老人，即使是热到摄氏三十八度的盛夏，他也着一件很厚的中山装，中山装里还有一件毛衣。那么厚的衣物使他肥胖笨重有如木桶。平常他就蹲坐在街角，歪着脖子，看来往的行人，也不说话，只是轻轻地摇动手里的奖券。

很少的时候，他会站起来走动。当他站起，才发现他的椅子绑在皮带上。走的时候，椅子摇过来，又摇过去。他脚上穿着一双《牛伯伯打游击》里那种老式的大皮鞋，摇摇晃晃像陆上的河马。

如果是中午过后，他就走到卖自助餐摊子的前面一站，想买一些东西来吃，摊贩看到他，通常会盛一盒便当送给他。他就把吊在臀部的椅子对准臀部，然后坐下去。吃完饭，他就地睡午觉，仍是歪着脖子，嘴巴微张。

到夜晚，他会找一块干净挡风的走廊睡觉，把椅子解下来当枕头，和衣甜甜地睡去。

我观察老流浪汉很久了，他全部的家当都带在身上，几乎终日不说一句话，可能他整年都不洗澡的。从他的相貌看来，应该是北方人，流落到这南方热带的街头，连最燠热的夏天都穿着家乡的厚衣。

对于街头的这位老人，大部分人都会投以厌恶与疑惑的眼光，小部分人则投以同情。

我每次经过那里，总会向老人买两张奖券，虽然我知道即使每天买两张奖券，对他也不会有什么帮助，但买奖券使我感到心安，并使同情找到站立的地方。

记得第一次向他买奖券那一幕，他的手、他的奖券、他的衣服同样的油腻污秽。他缓缓地把奖券撕下，然后在衣袋中摸索着，摸索半天掏出一个小小的红色塑胶套。这套子竟是崭新的，美艳得无法和他相配。

老人小心地把奖券装进红色塑胶套，由于手的笨拙，使这个简单动作也十分艰困。

“不用装套子了。”我说。

“不行的，讨个喜气，祝你中奖！”老人终于笑了，露出缺几颗牙的嘴，说出充满乡音的话。

他终于装好了，慎重地把红套子交给我，红套子上写着八个字：一券在手，希望无穷。

后来我才知道，不管是谁买奖券，他总会努力地把奖券装进红套子里。我慢慢理解到了，小红套原来是老人对买他奖券的人一种感激的表达。每次，我总是沉默着耐心等待，看他把心情装进红封套，温暖四处流动着。

和老人逐渐熟识后，有一年冬天的一个黄昏，我向他买奖券，他还没有拿奖券给我，先看见我穿了单衣，最上面的两个扣子没有扣。老人说：“你这样会冷吧！”然后，他把奖券夹在腋下，伸出那双油污的手，要来帮我扣扣子，我迟疑一下，但没有退避。

老人花了很大的力气，才把我的扣子扣好，那时我真正感觉到人明净的善意，不管外表是怎么样的污秽，都会从心的深处涌出。在老人为我扣扣子的那一刻，我想起了自己的父亲，鼻子因而发酸。

老人依然是街头的流浪汉，把全部的家当带在身上；我依然是我，向他买着无关紧要的奖券。但在我们之间，有一些友谊装在小红套里，装在眼睛里，装在不可测的心之角落。

我向老人买过很多很多奖券，多未中过奖，但每次接过小红套时，我觉得那一刻已经中奖了，真的是“一券在手，希望无穷”。我的希望不是奖券，而是人的好本质，不会被任何境况所淹没。

我想到伟大的禅师庞蕴说：“好雪片片，不落别处！”我们生活中的好雪，明净之雪也是如此，在某时某地当下即见，美丽地落下，落下的雪花不见了，但灌溉了我们的心田。

要为重活的高兴，不要为死去的忧伤。

无关风月

有一年冬天天气最冷的时候，我住在高雄县的佛光山上，我是去度假，不是去朝圣，每天过着与平常一样的生活，睡得很迟。

一天，我睡觉的时候忘了关窗，半夜突然下起雨刮起风，风雨打进窗来把我从沉睡中惊醒。在温热的南部，冬夜里下雨是很稀少的事，我披衣坐起，将窗户关上，竟再也不能入眠。点了灯，屋上清光一脉，桌上白纸一张，在风雨之中，暗夜中的灯光像花瓣里的清露，晶莹而温暖，我面对着那一张本该记录生活的白纸，竟一个字都无法下笔。

我坐在榻榻米上，静听从远方吹来的风声，直到清晨微明的晨光照映入窗，室内的小灯逐渐灰暗下来。这时候，寺庙的晨钟"当"的一声破空而来，当——当——当，沉厚悠长的钟声遂一声接一声地震响了长空，我才深刻地知觉到这平时扰我清梦的钟声是如此纯明，好像人已站在极高的峰顶，那钟声却又用力拉拔，要把人超度到无限的青空之中。那是空中之音，清澈玲珑，不可凑泊；那是相中之色，羚羊挂角，无迹可寻。

我推窗而立，寻觅钟声的来处，不觅犹可，一觅又使我大大地吃了一惊，只见几不可数的和尚和尼姑，都穿着整齐的铁灰色袈裟，分成两排长列，鱼贯地朝钟声走去。天上还下着小雨，他们好像无视这尘世的风雨，一一走进了钟声的包围之中。

和尚尼姑们都挺直腰杆，微俯着头，我站在高处，看不见任何一个表情，却看到他们剃得精光的头颅在风雨迷茫中闪闪生亮；一刹那，微微的晨光好像便普照了大地。那一长串钟声这时美得惊心，仿佛是自我的心底深处发出来，然后和尚尼姑诵晨经的声音从诵经堂沉厚地扬散出来，那声音不高不低不卑不亢，使大地在苏醒中一下子祥和起来。微风吹遍，我听不清经文，却也不免闭目享受那安宁动人的诵经声。

那真是一次伟大的经验，听晨钟，想晨经，在风雨如晦的一间小小的客房中。

对于和尚尼姑，我一向怀有崇仰的心情，这起源于我深切知道他们原都是人间最有情的人，而他们物外的心情是由于在人世的涛浪中醒悟到情的苦难、情的酸楚、情的无知、情的怨憎，以及情所带给人无边的恼恨与不可解，于是他们避居到远远离开人情的深山海湄，成为心体两忘的隐遁者。

可是，情到底是无涯无际的广辽，他们也不免有午夜梦回的时刻、有寂寞难耐的时刻，这时便需要转化、需要升华、需要提醒。暮鼓晨钟在午夜梦回之后的清晨，在彩霞满天、引人遐思的黄昏提醒他们，要从情的轮回中跃动出来，从无边的苦中惊觉到清净的心灵。诵经则使他们对情的牵系转化到心灵的单一之中，从一遍又一遍单调平和的声音里不断告诫、洗练自己从人世里超脱出来。而他们的升华，乃是自人世里的小情小爱转化成为世人的大同情和大博爱。

到最后，他们只有给予，没有收受，掏肝掏肺地去爱一些从未谋面的、在人世里浮沉的人。如果真有天意、真有佛心，也许我们都曾在他们的礼赞中得到一些平和的安慰吧！

然而，日复一日的转化、升华和提醒是如此的漫长无尽，那是永远不可能有解答，永远不可能有结局的。虽然只是钟声、经声，以及人间的同情，但都不是很容易的事。

我想到人，人要从无情变成有情固然不易，要由有情修得无情或者不动情的境界，原也是这般的难呀！

苦难终会过去的，和尚与尼姑们诵完经，鱼贯地走回他们的屋子。有一位知客僧来敲我的门，我去用早膳。这时我发现，风雨停了，阳光正从山头一边孤独的角落露出脸来。

布袋莲

七年前，我租住在木栅一间仓库改成的小木屋，木屋虽矮虽破，我却因风景无比优美而觉得饶有情趣。

每日清晨我开窗向远望去，首先看到的是种植在窗边的累累木瓜树，再往前是一棵高大的榕树，榕树下有一片栽植了蔬菜的田园和花圃，菜园与花圃围绕起来的是一个大约有半亩地的小湖，湖中不论春夏秋冬，总有房东喂养的鸭鹅在其中游嬉。

我每日在好风好景的窗口写作，疲倦了只要抬头望一望窗外，总觉得胸中顿时一片清朗。

我最喜欢的是小湖一角长满了青翠的布袋莲。布袋莲据说是一种生殖力强的低贱水生植物，往有水的地方随便一丢，它就长出来了，而且长得繁茂强健。布袋莲的造型真是美，它的根部是一个圆形的球茎，绿的颜色中有许多层次。它的叶子也奇特，圆弧形地卷起，好像小孩仰着头望天空吹着小喇叭。

有时候，我会捞上几朵布袋莲放在我的书桌上，它没有土地，失去了水，往往还能绿很长一段时间，而且它的枯萎也不像一般植物，它是由绿转黄，然后慢慢干去，格外惹人怜爱。

后来，我住处附近搬来一位邻居，他养了几只羊，他的羊不知为什么喜欢吃榕树的叶子，每天他都要折下一大把榕树叶去养羊。到最后，他干脆把羊绑在榕树下，爬在树上摘叶子。才短短的几个星期，榕树叶全部被摘光了，剩下光秃秃的树枝，在野风中摇摆褪色的秃枝。

我憎恨那个放羊的中年汉子。

榕树叶吃完了，他说他的羊也爱吃布袋莲。

他特别做了一枝长竹竿来捞取小湖中的布袋莲，一捞就是一大把，一大片的布袋莲没有多久就全被一群羊儿吃得一叶不剩。我虽几次制止他，甚而发生争执，但是由于榕树和布袋莲都是野生，没有人种它们，它们长久以来就生长在那里，汉子一句话便把我问得哑口无言："是你种的吗？"

汉子的养羊技术并不好，他的羊不久就患病了；不久，他也搬离了那里，可是我却过了一个光秃秃的秋天，每次开窗都是一次心酸。

冬天到了，我常独自一个人在小湖边散步，看不见一朵布袋莲，也常抚摸那些被无情折断的榕树枝，连在湖中的鸭鹅也没有往日玩得那么起劲。我常在夜里寒风的窗声中，远望在清冷月色下已经死去的布袋莲，辛酸得想落眼泪，我想，布袋莲和榕树都在这个小湖永远地消失了。

熬过冬天，我开始在春天忙碌起来，很怕开窗，自己躲在小屋里整理未完成的稿件。

有一日，旧友来访，提议到湖边散散步。我惊讶地发现，榕树不知道什么时候萌发了细小的新芽，那新芽不是一叶两叶，而是千叶万叶，凡是曾经被折断的伤口边都冒出四五叶小小的芽，使那棵几乎枯去的榕树好像披上一件缀满绿色珍珠的外套。布袋莲更奇妙了，那原有的一角都已经扑满，还向两边延伸出去，虽然每一朵都只有一寸长，更因为低矮，使它们看起来更加缠绵。深绿还没有长成，是一片翠得透明的绿色。

我对朋友说起那群羊的故事，我们竟为了布袋莲和榕树的更生，快乐得在湖边拥抱起来，为了庆祝生的胜利，当夜我们就着窗外的春光，痛饮得醉了。

那时节，我只知道为榕树和布袋莲的新生而高兴，因为那一段日子活得太幸福了，完全不知道它有什么意义。

经过几年的沧桑创痛，我觉得情感和岁月都是磨人的，常把自己想成一棵榕树，或是一片布袋莲。情感和岁月正牧着一群恶羊，一口一口地啃吃着我们原本翠绿活泼的心灵，有的人在这些啃吃中枯死了，有的人失败了，枯死和失败原是必有的事。问题是，东风是不是再来，是不是能自破裂的伤口边长出更多的新芽。

当然，伤口的旧痕是不可能完全复合的，被吃掉的布袋莲也不可能更生，不能复合不表示不能痊愈，不能更生不表示不能新生，任何情感和岁月的挫败，总有可以排解的办法吧！

我翻开七年前的日记，那一天酒醉后，我歪歪斜斜地写了两句话：

要为重活的高兴，

不要为死去的忧伤。

片片催零落

从小，我就是个沉默但好奇的孩子，有什么好玩的事总是瞒着父母奔跑去看。譬如听说哪里捕到一条五脚的乌龟，我是冒着被人踩扁的危险，也要钻到人丛中见识见识的；有时候听到什么地方卖膏药的人会“杀人种瓜”的法术，我马上就背起书包，课也不上了，跑去一探究竟。爸爸妈妈常常找不到我，因为他们找我去买酱油的时候，说不定我正躲在公园的树上看情侣们的亲密行为。

我的这种个性，使我仿佛比同年纪的同学来得早熟一些。我小时候朋友不多，有的只是一起捣鸟巢、抓泥鳅、放风筝的那一伙，还有一起去赶布袋戏、歌仔戏，捡戏尾仔的那一票，谈不上有几个知心的朋友。我总觉得自己思想比他们高深一些，见识比他们广博一些。

小学四年级的时候，我们家附近一位大户人家要捡骨换坟，几天前我就在大人们的口中暗记下日期和地点。时间到的那一天，我背起书包装出若无其事的样子去上学，走到一半我就把书包埋在香蕉园中，折往坟场的方向去看热闹。

在我们乡下，捡骨是一件不小的事，要先请风水师来看风水，选定黄道吉日，做一场浩浩荡荡的法事，然后挖坟、开棺、捡骨，最后才重新觅地安葬。我到坟场的时候，已经聚集了许多严肃着面孔的大人，为了避免被发现，我就躲在山上的高处静静观看。

那时候棺材已经被挖出来了，正正摆在坟坑旁边画线的位子里。我看着那一个红漆已经剥落得差不多的棺木。原来在喃喃私语的大人们一下子安静下来，等待道士做完法事的开棺典礼。终于，道士在地上喷出了最后一口水，开棺的时刻到了。

“咿呀”一声，棺木的盖子被两个大汉用力掀开了，“哗”，山下传来一声喊叫到一半突然煞住的惊呼声。我张眼一看，大吃一惊，原来那被掘出来的老婆婆的容颜竟还像活着一般。她灰白的头发梳理得整整齐齐，灰白的脸容有一层缩皱的皮，身上穿的是暗蓝色的袍子，滚着细细的红边，颜色还鲜艳得如新缝的一般。所有的人停止了一切声息，我则是真的被吓呆了。那时清晨的瑞光，正满铺在坟地里，现出一个诡异精灵的世界。

正在我出神的当儿，听到有人呼喝我的名字，猛一回头，突然看到我四年级的级任老师站在背后的山下喊我。他一定是在同学的告密下来逮捕我了！我几乎是反射地跳了起来，往前奔逃而去，边跑我还边回头看那一位棺中的老妇，眼前的景象更是骇异：老妇的头发和面皮都褪落了，只剩下一颗光秃秃的头颅；她的衣裳也碎成一片一片的，围绕在棺里的四周，仅剩摆得端端正正的一副白骨。我揉揉眼睛再看，还是那个景象。从我回头看到老师，再转头看老妇之间不到一分钟的时间，竟是天旋地转，人天各异。

回家后，我病了两个星期，不省人事，脑中一片空白，只是老妇瞬间的变化不断地浮出来，最后还是我的级任老师来探望我，解释了半天的氧化作用，我的心情才平静，病情也开始有了起色。可是，这件事却使我对“不朽”的看法留下一个深刻的疑点，长得越大，那疑点竟如泼墨一般，一天比一天涨大。

后来我读到了佛家有所谓“白骨观”的说法，人的皮囊真是脆弱无比，阳光一射，野风一吹，马上就化去了，只留下一堆白骨。有时翠竹尽是真如，有时黄花绝非般若，到终了，什么都不是了。寒山有诗说：“万境俱泯迹，方见本来人。”恐怕，白骨才是本来的人吧。

人既是这样脆弱，一片片地凋落着，从人而来的情爱、苦痛、怨憎、喜乐、嗔怒是多么的无告呢？当我们觅寻的时候，是茫茫大千，尽十方世界觅一人为伴不得；当我们不觅的时候，则又是草漫漫的、花香香的、阳光软软的，到处都有好风漫上来。

这实在是个千古的谜题，风月不可解，古柏不可解，连三更初夜历历孤明的寒星也不可解。

我最喜爱的一则佛经的故事说不定可解：

梵志拿了两株花要供佛。

佛曰：“放下。”

梵志放下两手中的花。

佛更曰：“放下。”

梵志说：“两手皆空，更放下什么？”

佛曰：“你应当放下外六尘，内六根，中六识，一时舍却。到了没有可以舍的境界，也就是你免去生死之别的境界。”

月光下的喇叭手

冬夜寒凉的街心，我遇见一位喇叭手。

那时月亮很明，冷冷的月芒斜落在他的身躯上，他的影子诡异地往街边拉长出去。街很空旷，我自街口走去，他从望不见底的街头走来，我们原也会像路人一般擦身而过，可是不知道为什么，那条大街竟被他孤单落寞的影子紧紧塞满，容不得我们擦身。

霎时间，我觉得非常神秘，为什么一个平常人的影子在凌晨时仿佛一张网，塞得街都满了。我惊奇得不由自主地站定，定定看着他缓缓步来。他的脚步零乱颠簸，像是有点醉了，他手中提的好像是一瓶酒，他一步一步逼近，在清冷的月光中，我看清他手中提的原来是一把伸缩喇叭。

我触电般一惊，他手中的伸缩喇叭的造型像极了一条被刺伤而惊怒的眼镜蛇，它的身躯盘卷扭曲，它充满了悲愤的两颊扁平地亢张，好像随时要吐出“咝咝”的声音。

喇叭精亮的色泽也颓落成蛇身花纹一般，斑驳锈黄色的音管因为有许多伤痕凹凹扭扭，缘着喇叭上去握着喇叭的手血管纠结，缘着手上去我便明白地看见了塞满整条街的老人的脸。他两鬓的白在路灯下反射成点点星光，穿着一袭宝蓝色滚白边的制服，大盘帽也缩皱得没贴在他的头上，帽徽是一只振翅欲飞的老鹰——他真像一个打完仗的兵士，曳着一把流过许多血的军刀。

突然一阵汽车喇叭的声音，汽车从我的背后来，强猛的光使老人不得不举起喇叭护着眼睛。他放下喇叭时才看见站在路边的我，从干瘪的唇边迸出一丝善意的笑。

在凌晨的夜的小街，我们便那样相逢。

老人吐着冲天的酒气告诉我，他今天下午送完葬，分到两百元钱，忍不住跑到小摊去灌了几瓶老酒，他说："几天没喝酒，骨头都软了。"他翻来翻去在裤口袋中找到一张百元大钞，"再去喝两杯，老弟！"他的语句中有一种神奇的口令似的魔力，我为了争取请那一场酒费了很大的力气。最后，老人粗声地欣然地答应："就这么说定，俺陪你喝两杯，我吹首歌送你。"

我们走了很长的黑夜的道路，才找到隐没在街角的小摊，他把喇叭倒盖起来，喇叭贴粘在油污的桌子上。肥胖浑圆的店主人操一口广东口音，与老人的清瘦形成很强烈的对比。老人豪气地说："广东、山东，俺们是半个老乡哩！"店主惊奇笑问，老人说："都有个'东'字哩！"我在六十烛光的灯泡下笔直地注视老人，不知道为什么，竟在他平整的双眉跳脱出来几根特别灰白的长眉毛上，看出一点忧郁了。

十余年来，老人干上送葬的行当，用骊歌为永眠的人铺一条通往未知的道路，他用的是同一把伸缩喇叭，喇叭凹了、锈了，而在喇叭的凹锈中，不知道有多少生命被吹送了出去。老人诉说着种种不同的送葬仪式，他说到在披麻衣的人群里每个人竟会有完全不同的情绪时，不觉仰天笑了："人到底免不了一死，喇叭一响，英雄豪杰都一样。"

我告诉老人，在我们乡下，送葬的喇叭手人称"罗汉脚"，他们时常蹲聚在榕树下嗑牙，等待人死的讯息。老人点点头："能抓住罗汉的脚也不错。"然后老人感叹：在中国，送葬是一式一样的，大部分人一辈子没有听过音乐演奏，一直到死时才赢得一生努力的荣光，听一场音乐会。“有一天我也会死，我可是听多了。”

借着几分酒意，老人和我谈起他飘零的过去。

老人出生在山东的一个小县城里，家里有一片望不到边的大豆田，他年幼的时代便在大豆田中放风筝、抓田鼠；看春风吹来时，田边奔放出嫩油油的黄色小野花，天永远蓝得透明；风雪来时，他们围在温暖的小火炉边取暖，听着戴毡帽的老祖父一遍又一遍说着永无休止的故事。他的童年里有故事、有风声、有雪色、有贴在门楣上等待新年的红纸，有数不完的在三合屋围成的庭院中追逐不尽的笑语……

“廿四岁那年，俺在田里工作回家，一部军用卡车停在路边，两个中年汉子把我抓到车上，连锄头都来不及放下。俺害怕地哭着，车子往不知名的路上开走……他奶奶的！”老人在军车的小窗中看他的故乡远去，远远地去了，那部车丢下了他的童年、他的大豆田，还有他老祖父终于休止的故事。他的眼泪落在车板上，四周的人漠然地看着他，一直到他的眼泪流干。下了车，竟是一片大漠黄沙不复记忆。

他辗转地到了海岛，天仍是蓝的，稻子从绿油油的茎中吐出他故乡嫩黄野花的金黄。他穿上戎装，荷枪东奔西走，找不到落脚的地方，“俺是想着故乡的啦”！渐渐地，连故乡都不敢想了，有时梦里活蹦乱跳地跳出故乡。他正在房间里要掀开新娘的盖头，锣声响鼓声闹，“俺以为这一回一定是真的，睁开眼睛还是假的，常常流一身冷汗”。

老人的故乡在酒杯里转来转去，他端起杯来一口仰尽一杯高粱酒。三十年过去了，“俺的儿子说不定娶媳妇了。”老人走的时候，他的妻正怀着六个月的身孕，烧好晚餐倚在门上等待他回家，他连一声再见都来不及对她说。老人酗酒的习惯便是在想念他的妻到不能自拔的时候弄成的。三十年的戎马真是倥偬，故乡在枪眼中成为一个名词，那个名词简单，简单到没有任何一本书能说完。老人的书才掀开一页，一转身，书不见了，到处都是烽烟，泪眼苍茫。

当我告诉老人，我们是同乡时，他几乎泼翻凑在口上的酒汁，几乎是发疯一般地抓紧我的手，问到故乡的种种情状。"我连大豆田都没有见过。"老人松开手，长叹一声，因为醉酒，眼都红了。

"故乡真不是好东西，看过也发愁，没看过也发愁。"

"故乡是好东西，发愁不是好东西。"我说。

退伍的时候，老人想要找一份工作，他识不得字，只好到处打零工。有一个朋友告诉他："去吹喇叭吧，很轻松，每天都有人死。"于是他每天拿只喇叭在乐队装着个样子，装着装着，竟也会吹起一些离别伤愁的曲子。在连续不断的骊歌里，老人颤音的乡愁反而被消磨得尽了。每天陪不同的人走进墓地，究竟是什么样的一种滋味？老人说是酒的滋味，醉酒吐了一地的滋味，我不敢想。

我们都有些醉了，老人一路上吹着他的喇叭回家。那是凌晨三点至静的台北，偶尔有一辆急驶的汽车呼呼驰过。老人吹奏的骊歌变得特别悠长凄楚，喇叭哇哇的长音在空中流荡，流向一些不知道的虚空。声音在这时是多么无力，很快地被四面八方的夜风吹散。总有一丝要流到故乡去的吧！我想着。

向老人借过伸缩喇叭，我也学他高高把头仰起，喇叭说出一首年轻人正在流行的曲子：

我们隔着迢遥的山河，
去看望祖国的土地；
你用你的足迹，
我用我游子的乡愁；

你对我说，

古老的中国，

没有乡愁，

乡愁是给没有家的人，

少年的中国也没有乡愁，

乡愁是给不回家的人。

老人非常喜欢那首曲子，然后他便在我们步行回他万华住处的路上用心地学着曲子。他的音对了，可是不是吹得太急，就是吹得太缓。我一句一句对他解释了那首歌。那歌竟好像是为我和老人写的，他听得出神，使我分不清他的足迹和我的乡愁。老人专注地不断地吹这首曲子，一次比一次温柔，充满感情：他的腮鼓动着，像一只老鸟在巢中无助地鼓动翅翼，声调却正像一首骊歌。等他停的时候，眼里赫然都是泪水，他说："用力太猛了，太猛了。"然后靠在我的肩上呜呜地哭起来。我的耳朵却在老人的哭声中听到大豆田上呼呼的风声。

我也忘记我们后来怎么走到老人的家门口，他站直立正，万分慎重地对我说："我再吹一次这首歌，你唱，唱完了，我们就回家。"

唱到"古老的中国没有乡愁，乡愁是给没有家的人，少年的中国也没有乡愁，乡愁是给不回家的人"的时候，我的声音暗哑了，再也唱不下去。我们站在老人的家门口，竟是没有家一样地唱着骊歌，愈唱愈遥远。

我们是真的喝醉了，醉到连想故乡都要掉泪。

老人的心中永远记得他掀开盖头的新娘的面容，而那新娘已是个鬓发飞霜的老太婆了，时光在一次一次的骊歌中走去，冷然无情地走去。

告别老人，我无助软弱地步行回家，我的酒这时全醒了，脑中充塞着中国近代史一页沧桑的伤口，老人是那个伤口凝结成的疤；像吃剩的葡萄藤，五颜六色无助地掉落在万华的一条巷子里。他永远也说不清大豆和历史的关系，他永远也不知道老祖父的骊歌是哪一个乐团吹奏的。故乡真的远了，故乡真的远了吗？

我一直在夜里走到天亮，看到一轮金光乱射的太阳从两幢大楼的夹缝中向天空蹦跃出来，有另一群老人穿着雪白的运动衫在路的一边做早操，到处是人从黎明起开始蠕动的姿势，到处是人们开门拉窗的声音，阳光从每一个窗子射进。

不知道为什么，我老是惦记着老人和他的喇叭，分手以后我再也没有见过他。每次在街上遇到送葬的行列，我总是寻找着老人的面影；每次在凌晨的夜里步行，老人的脸与泪便毫不留情地占据我。最坏的是，我醉酒的时候，总要唱起："我们隔着迢遥的山河，去看望祖国的土地，你用你的足迹，我用我游子的乡愁；你对我说，古老的中国没有乡愁，乡愁是给没有家的人，少年的中国也没有乡愁，乡愁是给不回家的人。"然后我知道，可能这一生再也看不到老人了。但是他被卡车载走以后的一段历史却成为我生命的刺青，一针一针地刺出我的血珠来。他的生命是伸缩喇叭凹凹扭扭的最后一个长音。

在冬夜寒凉的街心，我遇见一位喇叭手；春天来了，他还是站在那个寒冷的街心，孤零零地站着，没有形状，却充塞了整条街。

当岁月的灯火都睡去的时候，有些往事仍鲜明得如同在记忆的显影液中，
我们看它浮现出来，但毕竟是过去了。

岁月的灯火都睡了

前些日子在香港，朋友带我去游维多利亚公园，我们在黄昏的时候坐缆车到维多利亚山上（香港人称为太平山）。这个公园在香港的生活中是一个异数，香港的万丈红尘声色、犬马看了叫人头昏眼花，只有维多利亚山还保留了一点绿色的优雅的情趣。

我很喜欢坐公园的铁轨缆车。在陡峭的山势上硬是开出一条路来，缆车很小，大概可以挤四十个人，缆车司机很悠闲地吹着口哨，使我想起小时候常常坐的运甘蔗的台糖小火车。

不同的是，台糖小火车恰恰碰碰，声音十分吵人，路过处又都是平畴绿野，铁轨平平地穿过原野。维多利亚山的缆车却是无声的，它安静地前行，山和屋舍纷纷往我们背后退去，一下子，香港——甚至九龙——都已经被远远地抛在脚下了。

有趣的是，缆车道上奇峰突起，根本不知道下一刻会有什么样的视野，有时候视野平朗了，你以为下一站可以看得更远，下一站有时被一株大树挡住了，有时又遇到一座三十层高的大厦横生面前。一留心，才发现山上原来也不是什么蓬莱仙山，高楼大厦古堡别墅林立，香港的拥挤在这个山上也可以想见了。

缆车站是依山而建，缆车半路上停下来，就像倒吊悬挂着一般，抬头固不见顶，回首也看不到起站的地方，我们便悬在山腰上，等待缆车司机慢慢启动。终于抵达了山顶，白云浓得要滴出水来，夕阳正悬在山的高处，这时看香港，因为隔着山树，竟看出来一点都市的美了。

香港真是小，绕着维多利亚公园走一圈已经一览无遗，右侧由人群和高楼堆积起来的香港、九龙闹区，正像积木一样，一块连着一块，好像一个梦幻的都城，你随便用手一推就会应声倒塌。左侧是海，归帆点点，岛与岛在天的远方。

香港商人的脑筋动得快，老早就在山顶上盖了大楼和汽车站。大楼叫“太平阁”，里面什么都有，书店、工艺品店、超级市场、西餐厅、茶楼等等，只是造型不甚调和。汽车站是绕着山上来的，想必比不上缆车那样有风情。

我们在“太平阁”吃晚餐，那是俯瞰香港最好的地势。我们坐着，眼看夕阳落进海的一方，并且看灯火在大楼的窗口一个个点燃，才一转眼，香港已经成为灯火辉煌的世界。我觉得，香港的白日是喧哗是让人烦厌的，可是香港的夜景却是美得如同神话里的宫殿，尤其是隔着一脉山一汪水，它显得那般安静，好像只是点了明亮的灯火，而人都安息了。

我说我喜欢香港的夜景。

朋友说：“因为你隔得远，有距离的美。你想想看，如果你是那一点点光亮的窗子里的人，就不美了。”他想了一下说：“你安静地注视那些灯，有的亮，有的暗，有的亮过又暗了，有的暗了又亮起来，真是有点像人生的际遇呢！”

我们便坐在维多利亚山上看香港、九龙的两岸灯火。那样看人被关在小小的灯窗里，人真是十分渺小的，可是人多少年来的努力竟是把自己从山野田园的广阔天地上关进一个狭小的窗子里。这样想时，我对现代文明的功能不免生出一种迷惑的感觉。

朋友并且告诉我，香港人的墓地不是永久的，人死后八年便必须挖起来另葬他人。因为香港的人口实在太多了，多到必须和已故之人争寸土之地——这种人给人的挤迫感，只要走在香港街头看汹涌的人潮就体会深刻了。

我们就那样坐在山上看灯看到夜深，看到很多地区的灯灭去，但是另一地区的灯再亮起来——香港是一个不夜的城市。我们坐最后一班缆车下山。

下山的感觉也十分奇特，我们背着山势面对山尖，车子却是俯冲下山，山和铁轨于是顺着路一大片一大片露出来。我看不见车子前面的风景，却看见车子后面的风景一片一片地远去，本来短短的铁轨愈来愈长，终于长到看不见的远方。风从背后吹来，呼呼地响。

我想到，岁月就像那样，我们眼睁睁地看自己的往事在面前一点一点淡去，而我们的前景反而在背后一滴一滴淡出，我们不知道下一站在何处落脚，甚至不知道后面的视野怎么样，只能走一步算一步。

往事再好，也像一道柔美的伤口，它美得凄迷，却是每一段都是有伤口的。它最后连接成一条轨道，隐隐约约透露出一些规则来。社会和人不也是一样吗?成与败都是可以在过去找到一些讯息的。

我们到山下时，我抬头看，维多利亚山已经笼罩在月光之中。那一天，我在寄寓的香港酒店顶楼坐着，静静地沉默地俯望香港和九龙，一直到九龙尖沙咀的灯火和对岸香港天星码头的灯火，都在凌晨的薄雾中暗去。我想起自己过去所经验的一些往事，真切地感受到，当岁月的灯火都睡去的时候，有些往事仍鲜明得如同在记忆的显影液中，我们看它浮现出来，但毕竟是过去了。

偶尔吃点苦的、辣的、酸的，有助于我们品味人生。

生命的酸甜苦辣

朋友请我吃饭，餐桌上有一道菜是生炒苦瓜，一道是糖醋豆腐，一道是辣椒炒干丝。我看了桌上的菜不免莞尔，说：“今天酸甜苦辣都到齐了。”朋友仔细看看桌上的菜，不禁拍案大笑。

这使我想到，即使是植物，都各有各的特性：甘蔗是头尾皆甜，柠檬则里外是酸，苦瓜是连根都苦，辣椒则中边全辣。它们这种特性，以过长时间的藏放也不失去，即使将它碎为微尘粉末，其性不改。还有一些作药材的植物，不管制成汤、膏、丸、散，或经长久的熬煮，特质也不散灭。

我们生活中的心酸、甜蜜、苦痛、辛辣种种滋味，不亦如植物的特性吗？一旦我们品尝过了，似乎就永不失去。在我们的生命情境中，有很多时候，是酸甜苦辣同时放在一桌的，一个人不可能永远挑甜的吃，偶尔吃点苦的、辣的、酸的，有助于我们品味人生。

在酸甜苦辣的生命经验更深刻之处，有没有更真实的本质呢？

若说柠檬以酸为本性，辣椒以辣为本性，甘蔗以甜为本性，苦瓜以苦为本性，那么人的本性又是什么呢？

我们常说“这个人本性不良”或“那个人本性善良”，可是，我们常看到素性不良的人改邪归正，又常见到公认本性良善的人却堕落了，这种本性似乎是“可转”“能改变”的，因此我们语言上所说的“本性”，事实上只是一种“熏习”，是习气的长期熏染而表现在外的，并不是最深刻的自我。

习气，是一种莫名其妙的偏执，正如嗜吃辣椒与柠檬的人，说不出是什么原因。但人生的一切烦恼正是由这种偏执而产生。偏执是可矫正的，矫正的方法就是中道，例如柠檬虽是至酸之物，若与甘蔗汁中和，就变得非常的可口。去除习气只有利用中和的方法。人最大的习气不外乎贪、嗔、痴。贪应该以“戒”来中和，嗔应该以“定”来中和，痴应该以“慧”来中和。一个人时时能中和自己的习气，就能坦然地面对生活，不至于被习气所左右。

我国有一个有名的民间传说，相传汉朝有一位姓孟的女子，幼读儒书，长大学佛，普遍得到乡里的敬爱，年老以后被称为“孟婆”。她死后成为幽冥之神，建了一座“醧忘台”，是在阴阳之界投胎必经之路。孟婆取甘、苦、酸、辛、咸五味做成一种似酒非酒的汤，称为“孟婆汤”，投胎的人喝了这种汤就完全忘记前世，然后走入今生甘苦酸辛咸的旅程。

传说每一个魂魄投胎之前，各种滋味都要尝上点才能投胎，这是为什么人人都要在一生遍尝五味的缘由。传说又说，有的人甜汤喝多了，日子就过得好些；有的人苦汁喝得多，这一生就惨兮兮。

“孟婆汤”的传说非常有趣，启示我们：既然投生为人，就不可能全是甜头，生命里是有各种滋味的。

甘、苦、酸、辛、咸既是人生的五味，我们就难以只拣甜的来吃，别的滋味也多少会尝一些，如果是不可避免的，就欢喜地吃吧！

想想看，人生如果是一桌宴席，上桌的菜若都是蛋糕、甜汤，也是非常可怕的呀！

夏花之绚烂

在台北，有一个我午后喜欢去散步的地方，就在仁爱路中间的安全岛上，那安全岛比别的地方都宽敞，有喷水池、行人休息的椅子、树木，还有非常青翠的草地，安全岛边则围着密密的杜鹃花和七里香矮丛，隔开了马路上奔驰的汽车。

有时也说不出为什么喜欢到这里散步，我经常把鞋子脱去，踩在略有凉意的草地上，那使我想起从前住在乡下的某一些情感；而在草间总有酢浆草，终年都在开着淡紫色的花。我真喜欢这些长在城市角落间的小花小草，它们还是如此之美，没有受到一点污染。

我也喜欢隔着盛开的杜鹃花，看车子迅速地滑过，那使我暂时忘记了城市的某些动乱，而感觉到宁静。说起来难以置信，有时我在那安全岛盘桓一整个下午，根本没听见车声，直到走出安全岛才突然从沉默的听觉中醒来：呀！原来这世界仍是一样的，并不因我在安全岛中而有所改变。

保有田园的心情

这段安全岛跨过马路，是一条很长很长的木棉大道，春天的时候，全开着橘红色的木棉花，无叶的木棉花从我站的草地里望去，真是十分动人的。

不过，我最喜欢这安全岛上的鸟类，尤其是在午后，麻雀有时三四十只成群地飞来，在草地上嬉戏，偶尔寻找着水泥地或白色铁椅边被情人留下来的零嘴。如果有一只麻雀发现可食的东西，它就高兴得吱喳起来，呼朋引伴，大家就围过来进餐，边吃边交谈，看起来犹如一场热烈的庙会。这里的麻雀也不怕生，常常瞪着黑眼珠，纯真、神气，略歪着脖子看人，看一眼后吱吱两声，打招呼一样，真像个孩子。

除了麻雀，还有鸽子也常到安全岛上。鸽子往往是一只或一对，它们不像麻雀又跳又叫，只是安静地散步，鼓起胸脯蛮有威仪的样子，东看看西瞧瞧，偶尔咕咕两声说给自己听。如果是一对的时候，就两只都忙得团团转，站也不是，坐也不是。

我可以辨识出这些鸽子是附近人家养的家鸽，或者来自更远的地方，但它们是这里的常客，天天都来栖息，到后来我都认识这些鸽子了。有时候我会想，我多么像眼前这些鸽子，我们习于住在城市的高楼，却保有着一些田园的心情，能够找到有一点草、几棵树的地方就感到心里得到了安顿。有时到公园真是没什么用意，只是下意识地走向自己田园的一些心情。

很少很少会见到别的鸟，但我在仁爱路的安全岛上还见过斑鸠和乌鸦，它们在树上栖息一下，又往更远的地方去了。

到这块儿我把它当成自己的“安全岛”的地方，我会带一些爆米花、面包屑去喂我的朋友，就像我们在电影中常看到老人在公园中喂鸽子的镜头一样，我不是老人，但在喂鸟之时，我的心可能比老人还要宁静。到后来，麻雀竟走到脚前吃我喂的食物，可见我的心多么平静，动作是多么细微了。

很少人知道跨越马路到这安全岛来，因此午后几乎是没有人的。

这一天有了奇怪的事，我在喂鸟的时候，有一个年轻的声音呼叫我的名字，是一位非常整齐帅气的青年，我从未见过的。他说是我的读者，然后就和我一起坐在铁椅上喂麻雀，与我讨论起我写过的一些书。他似乎十分了解我，这令我有一点手足无措，脸竟红了起来。你可能不知道，我在集会里、在街头很怕被人认出。我想，我是宁可躲在背后来观看这个世界的。

一个青年之死

青年的名字叫明君，看来就是很光明、有前途的样子，但他的眉头打着一个小小的结，很快就被我观察出来了。果然，他说心里很烦，正好在穿越马路时看见有铁椅，就坐下来休息，没想到就遇见我这位从前在书中认识的“老”朋友（说年纪，我比明君大了不少，而他读我的书也有好几年了）。

“烦什么呢？”我问他。

“我最近有一位朋友自杀了。”他两手一摊说，然后竟叹一口气。你知道我从来不叹气的，因此听见别人叹气总觉得特别心惊。

明君是大学一年级的学生，他告诉我，那自杀的朋友并不是与他很相熟的，只是互相认识而已，因而他不是因为失去好朋友伤感，而是想不通，十九岁的大学生，身体健康，五官端正，家世良好，一切都很顺利，为什么要自杀呢？为什么？难道有什么不可能解决的事吗？

想不通这个问题，使他烦透了。

“是不是他考上的大学不理想？或者是情感上不顺利呢？”我说。因为在报纸上，我们几乎每天都会看到年轻人出走或自杀的消息，原因不外是这两个。

明君说：“唉！如果是这样，我早就想通了，偏偏他学校也不错，还没有固定的女友，谈不上挫折。这才奇怪呀！说死就死了，死了也没有遗书，找不到任何原因。”

这倒是奇怪的事，没有什么原因就自杀，那么如何判定他是自杀的呢？

明君告诉我，那个年轻人自杀前穿了一套最漂亮的衣服，死时面貌安详，简直就像睡去一般，在他书桌上则写了泰戈尔的两句诗：

生如夏花之绚烂，
死如秋叶之静美。

那大概就是青年的遗书了。

我听到这两句诗大大震动了一下，这位青年难道是以死来追求一种美吗？是把自己想成如秋叶一样静美的人吗？以死来追求美不是不可能的，我们知道日本人就有这样的倾向，每年死于没有理由的美之自杀者数量不少。他们把自杀当成美的极限，就那样子慷慨去赴死了。

明君看来是个很有责任的青年，他当然想不通甚至有人会为了两句诗而死，那两句诗对一位敏感自怜的青年，就仿佛是他的“忧国”或“离骚”了。

卑微的麻雀也爱惜生命

“林先生，你有没有发现，我们这一代的青年比较容易自杀？你们那一代，或者再上一代就没有这么容易去自杀了！”明君说他从中学开始，学校里就有学生因为升学压力而自杀，到高中时又有学生自杀，万万没想到在大学里又碰上了。他问了自己的父亲，父亲说：“我们年轻的时候为了谋衣食、救国家都忙得很呢！哪有时间去想自杀的问题？又经过战争逃难，时常在死亡边缘打滚，反而知道来爱惜生命了。”

明君的父亲说得对极了，但他并不满意，他问我：“到底原因在哪里呢？”

我一时为之语塞，两人默默看着眼前捡食的麻雀。我深信，这些麻雀每一只都是极爱惜生命的，人的心念一有杀意，它们就立即能察觉而惊飞，更别说是去追捕它们了。这卑微的麻雀都懂得惜生，为什么尊贵的人反而轻贱了生命呢？听到明君的问话，我比他更忧心，因为如果连优秀的青年都不懂得爱惜生命，这个民族是不可能有希望的。

在安全岛上时，我没有给明君答案，回来后我一路看着奔走的人和车，才想到可能有几个原因：

一是现在的年轻人比从前自私了。只有真正自私的人才会去自杀，如果能想到父母、朋友、人群、社会，只要多想五分钟，就不会去死了；

二是茫然。表面上，现在的青年什么都有，但却缺乏理想主义的色彩，失去价值的追求，从小就考试考到大，最后产生价值危机，就茫然地走向死路；

三是生命没有考验的机会。想想我们从前为了多吃一口饭，就要面对艰困的劳作，要零用钱没有，要玩具没有，是在挫折中挣扎长大的。现代青年失去了这些机会。曾为了多吃一口饭奋斗过的人，绝不会因为一场考试、一次恋爱，甚至一种虚幻之美就自杀。

我曾听一位旅居加拿大的中国画家谈过，他的父亲从前离乡背井到国外去，在餐厅里当侍者，他和母亲还有祖父留在广东的家乡。这位父亲为了多赚取五毛钱的小费，外国人把饭倒在地上，叫他像狗一样趴着吃，他照做了，因为他挂念家乡的父母妻儿，宁愿牺牲自己的尊严。

这不是画家父亲说给他听的故事，而是我的画家朋友为了描绘华人的艰辛，在博物馆找到一张外国人拍的相片：一位侍者趴着在吃地上的饭。画家看了吃一惊，因为那侍者长得太像自己了！他把照片拷贝回去给父亲看（父亲已经是餐厅老板，并把妻儿都接到国外了），父亲看了老泪纵横，原来那是他青年时代留下的唯一一张照片。

我听到这个故事时流了眼泪，我一点也不会瞧不起这位父亲，反而觉得他太伟大了——生命最尊贵的意义原来正在这里：为别人活着，活到忘记自己的痛苦的地步。这别人即使是最亲爱的家人，也总比只为自己活着好得多。

没有绚烂过的人，没有资格讲美

佛教里有一个故事我很喜欢：一对母女乘船过河，没想到在河中间翻船了。落在河中的母亲咽下最后一口气时对菩萨说："菩萨呀！求您救救我的女儿，我死了没有关系，只要我女儿平安就好了。"快沉溺下去的女儿也对菩萨许愿："菩萨呀！求您救救我的母亲，我死了没有关系，只要我的母亲平安就好了。"由于她们的慈悲心感动了菩萨，两个人都得救了。

在临死的一刻不为自己求解脱，想到的却是别人，这是最令人动容的，这就是我说自杀者最自私的原因。

亮亮，你们的时代或许没有机会为社会人群抛头颅洒热血了，但是多为别人设想，立下一个坚实的理想和志愿，坦然接受生命给我们的考验仍然应该是不变的态度。

生命的真义其实简单：就是自然地去承担。

"生如夏花之绚烂，死如秋叶之静美"是很美的句子，但夏花是自然开放，秋叶是自然生长，那不是一种追求，而是一种承担。

就像在属于我的安全岛上，我看过一位少女肆意地摘取树上的木棉花，这和自杀的青年没有两样，是不自然的、令人烦心的。

记住我的话，亮亮：

没有绚烂过的人，就没有资格讲美！

没有热烈承担的胸怀，就不能懂得秋叶的宁静。

没有热烈承担的胸怀，就不能懂得秋叶的宁静。

走向生命的大美

清朝的词评家王国维在《人间词话》里，曾经说到古今成大事业大学问的人必须经过三种境界：

第一种境界是“昨夜西风凋碧树，独上高楼，望尽天涯路”。意思是说有感性的胸怀，见到西风里凋零的碧树心有所感，在内心里有理想的抱负与未来的追寻，虽有孤独与苍茫之感，但有远见，对生命有辽阔的视野。

（这三句的原作者是宋朝的晏殊，出自他的《蝶恋花》，原词是：槛菊愁烟兰泣露，罗幕轻寒，燕子双飞去。明月不谙离恨苦，斜光到晓穿朱户。昨夜西风凋碧树，独上高楼，望尽天涯路。欲寄彩笺兼尺素，山长水阔知何处？）

第二种境界是“衣带渐宽终不悔，为伊消得人憔悴”。意思是说不只要有追寻理想的热情与勇气，还要有坚持、有执着，去实践自己所信奉的真理，即使人变瘦了、衣带变宽了，也能百折不悔。

（这两句原出自宋朝词人柳永的《凤栖梧》，原词是：伫倚危楼风细细，望极春愁，黯黯生天际。草色烟光残照里，无言谁会凭阑意？拟把疏狂图一醉，对酒当歌，强乐还无味。衣带渐宽终不悔，为伊消得人憔悴。）

第三种境界是“众里寻他千百度，蓦然回首，那人却在，灯火阑珊处”。

意思是经过非常长久的努力追寻，饱受人生的沧桑，到后来猛然回首，那要追寻的却在自己走过的道路上，灯火阑珊的地方。

（这四句典出宋朝词人辛弃疾的《青玉案·元夕》，原词是：东风夜放花千树，更吹落，星如雨。宝马雕车香满路，风箫声动，玉壶光转，一夜鱼龙舞。蛾儿雪柳黄金缕，笑语盈盈暗香去。众里寻他千百度，蓦然回首，那人却在，灯火阑珊处。）

从前读《人间词话》到人生的三种境界时，虽有感触，但不深刻，到最近几年，这三种境界之说时常在心中浮现，格外感受到王国维对生命的智见，他论的虽然是诗词、是事功、是人格，讲的实际上是人从凡夫之见超越的历程，到最后那种“众里寻他千百度，蓦然回首，那人却在，灯火阑珊处”，简直是开悟的心境了，使我想起一首禅诗：“终日寻春不见春，芒鞋踏破岭头云，归来偶遇梅花嗅，春在枝头已十分”，也不禁想到菩萨在人间留下一丝有情那样的心境。

一个人要“众里寻他千百度”，必然要经验人生的许多历程，而要“蓦然回首”则需要一种明觉，至于站在灯火阑珊处的那人，不是别人，而是一个原点，是那个“独上高楼，望尽天涯路”的自我呀！

诗人虽然出于情感与灵感来表达自我，但其中有一种明觉，或者与禅师不同，我相信那明觉之中有如同镜子一样澄明的开悟的心——这种历程，在某些作品里是历历可见的。

宋朝词人蒋捷曾有一首《虞美人·听雨》，很能看出这种提升的历程。

少年听雨歌楼上，红烛昏罗帐。壮年听雨客舟中，江阔云低，断雁叫西风。

而今听雨僧庐下，鬓已星星也。悲欢离合总无情，一任阶前，点滴到天明。

在僧庐下听雨的白发诗人，体会到人世悲欢离合的无情就像阶前的雨一样错落无常，心境上是有一种悟境的。与禅心不同的是，禅心以智为灯芯，诗心则以美作燃料，这是为什么我们读到李贺“天若有情天亦老”一句，要为之低回不已了，或者读到龚自珍的“落红不是无情物，化作春泥更护花”要为之三叹了。

一个好的开悟的境界，或者崇高的人格与事物，都不是无情的，它是一种经过净化的有情的心，这种经过净化的有情，我们可以称之为“觉有情”，有如道绰大师说的，就像天鹅在水中悠游，沾水而羽毛不湿。

好的文学、优美的诗歌，无不是在“有情中有觉”，创作者既提升了自我的情感经验，也借以转化、溶解成人人都能提升的情感经验，来唤醒大众内在的感觉的呼声。这是为什么历来伟大的禅师在开悟之际都会写下诗歌，而开悟之后，有许多禅师也往往以诗歌示教。在显教最有名的是六祖慧能，传说他不识字，但读他的作品《六祖坛经》竟有如诗偈一样。在密宗最著名的是密勒日巴，传说他留传的诗歌竟有数万首之多。

寒山、拾得不也是这样吗？他们是山野的隐士，却也忍不住把自己的心境写在山间石壁，幸好有人抄录才不致失传。但是，我也不禁想到，以寒山、拾得的诗才，写诗的那种劲道，一定有更多的诗隐于石上、壁上，与草木同朽，后人无缘得见了。

为什么悟道者爱写诗呢？原因何在？我想在最根本处是，禅学或佛教是一种美，在人生中提升美的体验，使一个人智慧有美、慈悲有美、生活有美，语默动静无一不美，那才是走向佛道之路。

失去了美，佛道对人生还有什么价值呢？

唯有心性的绝美，才使人能洗涤贪嗔痴慢疑五毒；也唯有绝美的心，才能面对、提升、跨越人生深切的痛苦。

因此，道是美，而走向道的心情是一种诗情，诗情与道情转折的驿站则是“觉”。

菩萨之所以叫“觉有情”，是因为菩萨从来没有失去感性的怀抱，与凡夫不同的是，他在有情中不失觉悟的心。

菩萨之所以个个心性皆美，长相也无不庄严到达极致，则是启示了我们，美是无比重要的，最深刻的美是来自有情的锤炼。

即使是佛，十方诸佛都是“相好庄严”，经典里说到佛之美，有“三十二相，八十种好”之说，因此，佛的相、佛的心，都是绝美。

了解到佛道的追求是生命完美的追求，我模仿王国维之说，凡是古今走向“觉有情”之道者，也必经三种境界：

第一种境界是“笑渐不闻声渐悄，多情却被无情恼”。（语出苏东坡《蝶恋花·春景》）

第二种境界是“我见青山多妩媚，料青山见我应如是，情与貌，略相似”。（语出辛弃疾《贺新郎》）

第三种境界是“千锤万凿出深山，烈火焚烧若等闲。粉骨碎身浑不怕，要留清白在人间”。（语出于谦《石灰吟》）

真正觉有情的菩萨，全是多情的种子，他们在无情的业障人世之中，因烦恼生起菩提之心。然后体会到一切有情都会被无情所恼，思有以解脱，心性与眼界大开，看到世间的美与苦难是并存的，正如青山与我并无分别。最后宁可再跃入有情的洪炉，不畏任何障碍，为了留一点清白在人间。

一个人格境界的确立正是如此，是在有情中打滚、提炼、终至永保明觉，观照世间，那时才知道什么叫作“蓦然回首”了。唯有清明的心，才能体验到什么是真实的美。

唯有不断地觉悟，才使体验到的美更深刻、广大、雄浑。

也唯有无上正觉的人，才能迈向生命的大美、至美、完美与绝美呀！